はざまのわたし

深沢潮

集英社インターナショナル

はざまのわたし

深沢潮

もくじ

装丁　秋吉あきら
カバー作品　井桁裕子
カバー撮影　萩原美寛

【韓国人・朝鮮人の表記について】

一九一〇年に始まって一九四五年に終わる日本の朝鮮半島支配のために、朝鮮半島出身者の呼び名は時代ごとで異なる。

日本による大韓帝国の植民地化によって、朝鮮半島に暮らしていた人たち、および朝鮮半島出身者は「朝鮮人」と呼ばれることとなった。

その後、四五年の日本敗戦と、それに伴う植民地支配は終焉するが、大韓帝国は復活しなかった。米ソはそれぞれの思惑で朝鮮半島の戦後統治を考え、朝鮮半島は北の「朝鮮民主主義人民共和国」と南の「大韓民国」に分断されることになった。

これによって在日社会でも北の体制を支持する人たち、あるいは朝鮮統一を望む人たち、分断前の朝鮮を思う人たちは「朝鮮人」を、南の体制を支持する人は「韓国人」と自称するようになった。

ただし、日本政府は北の「朝鮮民主主義人民共和国」を国家として承認していないので、法的には国籍を有する者としての朝鮮人は存在しないことになっている。しかし、国籍ではなく、朝鮮半島出身者を指す便宜上の籍である朝鮮籍の存在から、朝鮮人と呼ばれることもままある。また、差別的な意味を込めて、あえて朝鮮人と呼ぶ日本人もいる。

前置きが長くなったが、本書でもそうした事情を踏まえて韓国人、朝鮮人の使い分けを心がけているが、文脈上、あるいは表現の都合上、「朝鮮人」「韓国人」、ときとして「コリアン」を用いた場合もある。

第一話

愛しのキムチ

日本で一番売れている漬物がキムチだと知ったのは、つい一昨年《おととし》のことだ。驚くと同時に、本当に時代が変わったのだなと思った。かつて、私の幼いころは、キムチはひっそりと身を隠すように存在し、在日コリアンの家庭か焼肉店でしかお目にかかれなかったのに、いまはどこのスーパーの棚にもでーんと鎮座している。

テレビをつければいずれかのチャンネルで韓国ドラマを放映していて、サブスクではいつでもアクセスできる。そして街中でカフェに入ると、K-POPの曲が流れる。日本でこんなに韓国の文化が受け入れられるなんて、想像できなかった。いい時代になったと感慨深いものがある。

キムチは、古くは朝鮮漬けと呼ばれ、「キムチ臭い」は朝鮮半島にルーツを持つ人に対するさげすみの言葉でしかなかった。キムチ臭いから家を貸さないと不動産屋から言われたと母も話していた。これは、『ひとかどの父へ』（朝日文庫）にエピソードがある。

かくいう私も、自分の家の冷蔵庫の中がつねにキムチ臭いことが、嫌でたまらなかった。かなり大人になるまで、キムチは苦手だった。


私の記憶が正しければ、キムチを初めて口にしたのは、というより、キムチを食べさせられたのは、たぶん六歳ぐらいのころだ。ふだんはほとんど夕食時におらず、たまにいてもひとり膳で食べていた父が、その日は横に来て座り、珍しく一緒に食べ始めた。咄嗟《とっさ》に正座になり、身体が強張《こわば》ったのをいまでも鮮明に覚えている。

しばらく黙っていた父は、不意に自分の前にあったキムチを箸で指し、「キムチを子どもたちに食べさせろ」と母に命じた。母は、キムチをみそ汁で洗って辛みを薄め、ご飯茶碗の上にのせた。私は恐怖で震えんばかりに、そのキムチを白米とともに口に詰め込んだのを覚えている。

キムチはしょっぱくて、ちっとも美味しくなかった。

私の隣にはあとに重い心臓の病で亡くなる姉がおり、その姉も泣きながら洗ったキムチを食べていた。けれども姉はすぐに吐いてしまい、父は母に「お前がちゃんと韓国人として育てないからだ」と食卓をひっくり返した。

当時、父と母は、子どもたちに韓国人のアイデンティティを持たせること、韓国の文化風習をきちんと教えることについて意見が対立し、しょっちゅう言い争っていた。父は、十六歳で単身玄界灘《げんかいなだ》を渡ってきて、民主化運動にも与《くみ》し、韓国人としての誇りが高く、韓国人として堂々と生きることを子どもたちにも望んでいた。

一方、二世の母は戦後わずかのあいだ民族学校に通ったものの、その後転校した日本の学校で自分がかなりの差別を受けた経験と、父親（私の祖父）が関東大震災で自警団に殺されかけたことがあったので、韓国人であることをなるべく伏せて生きてきた。

だから、身体の弱い姉を守るため、いじめられないために、韓国人であることを周囲に極力隠そうとしてきたのだ。こちらも『海を抱いて月に眠る』（文春文庫）に近いエピソードがある。

外に対しては韓国人であることを隠していた母も、家では父のためにキムチを漬けていたし、父には韓国式の食事を作っていた。

魚を煮るときは、子どもには甘い味、父にはコチュジャンたっぷりという感じで味付けを変えていた。韓国料理を好む父と子どもたちは別のメニューにするなど、何種類もおかずを用意した。

母が大きな青いたらいに白菜を大量に入れ、お風呂場から持ってきた低い椅子に座り、白菜をひとつずつ手にし、葉に塩をすり込んでいる光景は、いまでもときどき私の脳裏によみがえる。

韓国のトウガラシじゃないとダメだと言って、東上野の朝鮮乾物屋に買い出しに行っていた。荷物が重いから付き合ってと言われてついていき、褒美として帰りに上野精養軒（洋食レストラン）に寄ってビーフシチューを食べたこともあった。

日本において、韓国の独裁政権に反対する活動をしていた父は、当局からパスポートを発行してもらえず、韓国に帰ることができなかった。

そのため、自分の両親を日本に呼んで一ヶ月ほど我が家でともに暮らしたことがあった。そのときも母は毎日韓国料理を作っていた。在日二世であるがゆえに認めてもらいたくて頑張ったとのちに話していた。韓国在住者は、在日コリアンに対して良い印象を持っていないことが多かったからだという。

もちろん、お手製のキムチも出した。母のキムチは、母いわく、工夫してニンニクを控え目に、林檎や梨がたくさん入っていて、「サラダみたいに食べられて臭くない」というものだ。「お義父《とう》さんとお義母《かあ》さんにも好評だった」ことが母は自慢だった。

母は、ニンニク臭くなることも過剰に気をつけていた。ニンニク臭いと韓国人だとばれるという恐怖が抜けなかったからだ。

現在八十六歳の母は、八〇歳ぐらいからキムチを外で買うようになった。「日本人もキムチを食べるのよ、だから安心して買える」と言うときの笑顔がなんとも嬉しそうだ。

日本で韓流がはやるきっかけとなったドラマ『冬のソナタ』（二〇〇二年）を観て以来、主演のペ・ヨンジュンの大ファンになった母は、「ヨンさまのおかげかしら」と付け加えることも忘れない。

暴君のようだった父もだいぶ丸くなり、家でキムチを漬けなくても怒らなくなって、母もずいぶん楽になった。私が高校生のときに、生まれて初めて家族で行った韓国以外の海外旅行先のグアムにまで、父のために母手製のキムチをスーツケースに入れて持っていったことを思うと、隔世の感がある。その汁が漏れて悲惨なことになったが……。

私が韓国に初めて行ったのは、小学校六年生のときで、祖母の葬式に参列するためだった。独裁者の朴正煕《パクチョンヒ》が暗殺される（一九七九年）直前だ。韓国の空港では手荷物検査に一時間以上かかり、あげく別室に連れていかれたことが強く印象に残っている。

空港から舗装の悪い道路を走り、父の故郷、三千浦《サムチョンポ》（現　泗川《サチョン》市）に着いた。

韓国ドラマ『応答せよ1994』に三千浦出身の青年がとんでもない田舎者として描かれているが、韓国では、話があちこちに飛ぶことを「話が三千浦に行った」というくらい、僻地として認識されているようだ。

三千浦は本当にのどかな海辺の町だった。海辺といっても、港もなく、商店もぽつりぽつりとあるくらいで、ほとんどが細々とした畑と赤茶色の土の低い丘だった。コンクリートの駐車場が遊び場だったような都会の東京都品川区に住んでいた私の目には、馴染みのない風景に映った。

慣れない土地で居心地の悪さを感じていたところ、日本から誰か来たらしいと、町の人たちが父の実家のまわりに集まって我々家族を見に来た。父は九人きょうだいなので、親族も多く、おじおばやいとこが大集合して、私たちの一挙手一投足を見つめる。

私と八歳下の妹は（姉はすでに死亡）、まるで動物園のパンダになった気分だ。食事どきはさらに拷問だった。「あの子たちはキムチを食べられるか」というのが彼らの大きな関心事だったようだ。

キムチをけっして食べない私は「やっぱり日本人なんだね」と言われた。

しかし、数年前に『海を抱いて月に眠る』の取材で三千浦の父の実家を久しぶりに訪ねたときに、私がキムチをバクバク食べているのを見て、いとこやおじおばはとても驚いていた。私はと言えば、三千浦にスターバックスがあったことにびっくりした。

私がキムチを食べられるようになったのは、結婚してからだ。

『縁を結うひと』（新潮文庫）でモデルとなっているお見合いおばさんの紹介で在日同胞と夫婦になった私は（のちに離婚するが）、祭祀《チェサ》や旧正月・秋夕《チュソク》の茶礼《チャレ》（章末注）その他親族の集まりで、嫁ぎ先の家族と食卓をともにし、韓国家庭料理を作るのを夫の実家で手伝うようになった。とはいえ、夫はキムチや韓国料理をとくに欲するわけではなかったので、ふだんは洋食、中華、和食などのつたない料理をせっせと作っていた。

そんなある日、焼肉店に夫の家族と行ったとき、義理の兄嫁が、肉の上にキムチをのせ、それをサンチュに巻いて食べるのを見て、ほほう、そういう食べ方もあるのかと興味をひかれ、ちょっとだけ白菜キムチをちぎってカルビの上にのせ、サンチュに包んで食べてみた。

口に入れて噛むと、キムチの辛みと酸味が、カルビの甘みと脂に溶け合っている。それがサンチュのさわやかな風味とあいまって、極上の調和を作り出していた。

なぜいままでこんなに美味しいものを口にしてこなかったのか、と私は続けてこんどは白菜キムチでどーんと肉を覆い、サンチュで挟んで食べた。その日はいつもの倍くらい肉を食べたのではないだろうか。以来、キムチは私の大好物となった。

味だけでなく、同胞と結婚したことで韓国人である自分をやっと認められたことが、積極的にキムチを食べることにつながったのだと思う。

私が結婚したのは一九九四年の春なので、そのころはまだ冬ソナブームもなく、韓流という言葉も知らなかった。キムチを置いているスーパーもそれほど多くなかったように思う。だから、結婚してからできた在日コリアンの友人が分けてくれるキムチや、実家の母の作るキムチがことのほか貴いものだった。

いまやキムチは世界的に人気の食べ物だ。

ニューヨークのホールフーズに大きな瓶詰のキムチが売られ、キム・チー（Kim Chi）という名のドラァグクイーンだっている。世界のあちこちでキムチを手にすることができ、中国と韓国でどちらがオリジナルかというキムチ戦争が勃発していたりもする。

小説の資料として読んだなにかの本に、トウガラシは日本から朝鮮に渡ったもので、もともとキムチは辛くなかったとあった。

一口にキムチと言っても、ソウルのキムチと釜山《プサン》のキムチは味がまったく違うし、それぞれの家庭で味付けも少しずつ異なる。水《ムル》キムチもあるし、種類も豊富で、そのままだったり調理したり、食べ方もいろいろだ。実に多様で、そういった意味ではとても現代的でもある。

在日コリアンにとってのキムチも、人それぞれだ。私にとっては、愛憎渦巻《うず》く食べ物であり、自分の韓国への想いと深くつながっている。

最後に、私が気に入っているキムチの食べ方をひとつご紹介したい。

白菜キムチでキリのクリームチーズを挟む。贅沢にミルフィーユ状に重ねてもいい。これは、川崎に暮らすハルモニ（おばあさん）たちのお手製キムチをいただいた折に作ってみた。ちょうど長編の原稿を書きあげたばかりで、ひとり打ち上げをしたときに食べた。スパークリングワインにぴったりだった。もちろんビールにも合う。三〇秒くらい電子レンジでチンしたらおかずにもいい。白米にのせたら最高。

そうだ、小腹が空いたので、これから作ろうかな。たしかビールがあったはず。キリのチーズは常備しているし、キムチもまだ残っている。

冷蔵庫を開けて、キムチの、あの独特の匂いがすると、ちょっと嬉しい。

祭祀や旧正月・秋夕の茶礼　韓国では儒教の影響が今でも色濃く残っていて、祖先のお祀りを大事にします。「祭祀」は本来、「神や祖先をまつる儀式」を意味しますが、一般では個人の亡くなった日に行う法事を指します。一方、「旧正月」「秋夕の茶礼」は旧暦の一月一日や八月十五日の朝に行われる、先祖の霊を迎え入れるための祭祀。各家庭では祭祀や茶礼で二〇種類を超える食べ物を供えます。女性の負担が大きな儀式です。

第二話
珈琲を飲むとき

私にとって、珈琲を飲む時間は、とても大切なひとときだ。

目覚めの一杯、執筆の合間、お気に入りのスイーツとともに、親しい人と会話しながら（いや、気まずい場面でも登場するが）、食後など、さまざまな状況で珈琲は欠かせない。その時間を味わうだけでなく、私は珈琲そのものも大好きなのだ。

幼いころ、珈琲は大人の飲み物だからと、禁止されていた。珈琲はカフェインが含まれているので、眠れなくなる、刺激が強すぎる、背が伸びなくなるというのが、珈琲を飲ませてもらえない理由だったかと記憶している。

しかし、ダメと言われるとよけいにやってみたくなるのが人間、ことに子どもの性分だ。珈琲味のキャンディはかろうじて許されており、その甘くてほのかな苦みを「なんだかかっこいい味だ、大人っぽい」ととらえて気に入っていた私は、きっと本物の珈琲も素敵な味に決まっていると、飲んでみたくてたまらなかった。

テレビでは、ネスカフェ ゴールドブレンドなど、インスタントコーヒーのコマーシャルがさかんで、しかもそれがとてもあか抜けて見えたことも、憧れに拍車をかけた。私もＣＭの決め台詞《ぜりふ》のように、「違いがわかる」人になりたかった。

ちなみに、私の母はとにかくすべてにおいて厳しい人で、子どもたちは食べ物に関してもかなり制限をされた。お馴染みの、歯が溶けるから、ということでコーラも禁止されていたし、母はうま味調味料の味の素も嫌悪していた。ジュースもダメで、唯一許されたのは一〇〇パーセント果汁のポンジュース（愛媛のみかんジュース）のみ。推奨された飲み物は麦茶と牛乳だった。


そんな環境のもと、私が初めて珈琲を飲んだのは、小学校四年生ぐらいのころだ。

パチンコ事業をしていた父をしばしば訪ねてきた同胞の金融機関（当時の名前は東京商銀信用組合）の方に、母がいつも珈琲を淹《い》れていた。

「うちのやつ（ひどい言い方！）の珈琲は美味いから」とめったに人を褒めない父が認める母の珈琲は、サイフォンで淹れた本格的なものだった。学校の理科室にあるようなアルコールランプでサイフォンを温めていた。

ある日、母が客間にいる銀行の方たちに珈琲を運んでいき、珈琲の馥郁《ふくいく》とした香りが漂うキッチンでひとりきりになった私は、サイフォンにわずかに残っていた珈琲を一気に飲み干した。口をつけたサイフォンの容器は想像を絶する高温で、私は悶絶《もんぜつ》した。珈琲の味などまったくわからない。慌ててキッチンから出て洗面所に行き、水道の蛇口をひねって、ずっと口を流水に当てて冷やしていた。

母には気づかれなかったが、しばらくものを食べるたびに刺すような痛みが襲った。それでも火傷《やけど》がばれないように、平静を装ってご飯やおかずを口につっこんでいた。

この経験から、私はむやみに珈琲に手を出すのはやめようと誓った。

さて、ここで、なぜ我が家にサイフォンがあったか、という疑問が湧くだろう。一九七〇年代後半から一九八〇年代、ドリップもサイフォンも（サイフォンコーヒーが普及していた）、喫茶店では目にするものの、一般家庭においては珍しいものだった。だからこそ、父は銀行の方々に振る舞いたかった。つまり自慢したかったのだろう。

そのころ、父は、東京の品川区旗の台に喫茶店を開いていた。といっても父が直接経営にかかわったのではなく、四年制大学を卒業しても韓国籍であるがために職に恵まれなかった母方の叔父のための店である。開店前に喫茶店の学校のようなところに通った叔父から母は珈琲の淹れ方を教わり、サイフォンもひとつ家にもらったようだった。

東急大井町線と東急池上線の旗の台駅から徒歩五、六分の線路沿いにあった喫茶店「相」は、なかなかに繁盛していた。「相」は叔父の名、相道《サンド》からとった。相道叔父はマンネ（母のきょうだいのなかで一番年下）で、みなからサンちゃんと呼ばれ、私はサンちゃんアジェ（章末注）と呼んでいた。

母とはかなり歳が離れており、サンちゃんアジェは私にとって親しみやすい人だった。漫画や音楽に詳しくて、母に秘密で私に漫画を（我が家は漫画禁止だった）買い与えてくれたり、アイドル（西城秀樹）のレコードを買ってくれたりした。

これらは母に見つかって没収されたというトホホな思い出となってしまうのだが、とにかく、私はサンちゃんアジェになついていた。アーケードで有名な武蔵小山商店街にあった二本立ての映画館に山口百恵の映画を観に連れていってくれたのもサンちゃんアジェだった。

喫茶店「相」は、木目《もくめ》の壁がスマートで温かみがありながらすっきりとした内装で、カウンターと、四人掛けやふたり掛けの席を備えており、二〇人程度のお客さんを収容できた。先日京都の河原町の六曜社珈琲店という昭和の名残のある喫茶店に行ったのだが、そこの雰囲気がとてもよく「相」に似ていて、しんみりとしてしまった。

「相」はたぶん、五年くらい営業していたと思う。

私が行くと、サンちゃんアジェが生クリームをたっぷりのせたココアを出してくれた。

また、夏場には店にあった業務用の製氷機から氷を惜しみなく取り出して、ガラスのコップに入れてくれた。私はその氷をガリガリと嚙み砕くのを楽しんでいた。

あの至福のココアの味がたまらなくて、家でも母にねだった。ココアの粉はバンホーテンというブランドのもので、母は御徒町《おかちまち》のアメ横まで行って手に入れ、勉強の合間にココアを出してくれた。

私は毎晩のように生クリームたっぷりのココアを飲んでいた。塾に行く前にケンタッキーフライドチキンを食べるような暴挙も加わり、さらに帰宅後、しっかりと夕飯も食べ、ただでさえ運動不足もあって、中学受験の準備時代は急速に体重が増えていったが、当時はまったく気にしていなかった。中高一貫の女子校に入って見目麗《うるわ》しいまわりの子たちを見て、自分のダサさにようやく気づかされた次第だ。

それでも、私はあの時代にココアを飲んだことを後悔していない。甘くてあたたかくてカロリーたっぷりのココアがなければ、厳しい受験勉強に耐えられなかったはずだ。それからもココアは大好物で、『乳房のくにで』(双葉文庫)という小説にも出してしまったほどである。

そういえば、あまりにもバンホーテンのココアが好きすぎて、輸入していた商社を就職活動の際に受けようとしたこともある。けれども、「韓国籍は受ける資格がない」と言われて落ち込んだ。一九八〇年代後半、韓国籍（外国籍）の者にとって、就職はまだまだ厳しかった。メーカー、金融、商社とことごとく「日本国籍を有するもの」しか、受けられなかった。エントリーシート（当時は履歴書）すら出せなかった。バブル景気の売り手市場でまわりの友人たちが次々に内定をとっていたので、よけいに辛かった。自分はダメなのだと徹底的に思い込まされた。

あのころの私は、韓国籍の人間を受け入れない社会が間違っているのではなく、韓国籍である自分がいけないのだと思っていた。

世の中に拒まれるということが続くのは、本当にしんどい。恋愛においても「韓国人は困る」と日本人の交際相手から言われて、心がずたずたになった。

話が脱線したので、戻そう。

「相」にはたくさんの思い出がある。小学校六年生の夏に、クラスメートたちを呼んで、「相」を貸し切りにして誕生会をした。三年生で実姉を亡くしてから、ひたすら中学受験のための勉強に勤《いそ》しみ、友達と放課後遊ぶこともほとんどなく、友達も少なかった私にとって、あの誕生会は忘れられないものとなった。呼んでいないクラスメートも来たけれど、いいよ、いいよ、と気前よく迎え入れた。

しかし、当時は深く考えなかったが、誕生会に呼ばれる、呼ばれない問題はトラブルのもとになる。私の子どもたちの幼稚園や小学校では、誕生会禁止令が出たこともあった。


「相」のことを思い返すとき、もうひとりの叔父のことが頭に浮かぶ。サンちゃんアジェの上で、母のすぐ下の弟の、輝男《てるお》叔父さんだ。私はてろうアジェと呼んでいた。

てろうアジェもサンちゃんアジェと一緒に「相」で働いた。

てろうアジェは精神疾患を患い、都立松沢病院に入院し、森田療法という治療を受けていたこともあったが、あの当時は調子がよく、接客は無理としても、ホールでは働けるだろうということで初めての労働を「相」で行ったのだ。

サンちゃんアジェとてろうアジェが青いシャツに黒い蝶ネクタイをしてカウンターの中にいる姿が私の瞼《まぶた》の奥に刻まれている。ふたりとも、あまり愛想はよくなかったのだが、笑顔を見せているときもあって、楽しそうに見えた。

てろうアジェは一年ぐらい働いたが、その後ふたたび病状が悪化して、「相」を辞めてしまった。

てろうアジェは舟木一夫が大好きで、歌手になりたいと夢見て高校卒業後レッスンに通ったが、朝鮮人は無理だと先生に言われて挫折し、それをきっかけに発病してしまったのだった。祖父母の家に行くと、機嫌のいいときのてろうアジェが大きな声で歌をうたっていたのをよく覚えている。かと思うと、不機嫌に怒鳴り散らす。部屋にひきこもっているときもあった。

二〇二三年に刊行した『李の花は散っても』(朝日新聞出版)には、李垠《イウン》の妹で朝鮮王朝最後の皇女である徳恵翁主《トッケオンジュ》が出てくるが、彼女も戦後に松沢病院に入院していた。もしかしたら、てろうアジェと重なっていた時期があるかもしれない。

徳恵翁主を描写するときは、てろうアジェのことが思い出され、執筆が滞《とどこお》りがちになった。てろうアジェは二〇年近く前に六〇代で亡くなったが、最後は鍵のかけられた病棟の一室で息を引き取った。

社会から疎外されてきた朝鮮半島ルーツの人間が心を病むことは、珍しいことではない。

さて、珈琲。

中学校に入っても相変わらず珈琲は許されなかった。大学生になるまでダメとのことだった。しかし、紅茶はオーケーだった。紅茶にもカフェインは入っているし、緑茶も同様だが、なぜか珈琲はかたくなに禁止されていた。

とはいえ、別に大丈夫、そんなに飲みたくもないし、と思っていた。実は、父がそのころ缶コーヒーを買いだめして毎日飲んでいて、冷蔵庫の中にあった一本をくすねて飲んだことがあった。すると、甘ったるくて、へんに酸っぱくて苦くてたいして美味しくなかったので、なーんだ、こんなもんかとがっかりして興味が失せたのだった。

珈琲への憧れはしぼんだが、喫茶店には行ってみたいとずっと思っていた。いまのように、こじゃれたカフェ、という感じのものでなく、あくまで喫茶店である。店に入ると煙草の煙が漂うあそこ。大人の場所、という雰囲気を醸《かも》し出し、なにやらちょっと悪い匂いがする、というのが魅かれた理由だろう。

中学、高校時代はアイデンティティの葛藤で、とても暗い青春を送っていた。部活にも夢中になれず、勉強は嫌い、自分も嫌い、親も嫌い、朝鮮半島のことは考えたくない、という毎日だった。

この暗黒期は長く、ピークは中学三年生から高校一、二年生のころだ。

高一のとき、親しくなった友人と学校をさぼり、ある日代々木の喫茶店に行った。たぶん、「相」以来、初の喫茶店だ。

そこは古い店構えのチェーン店だった。そして、そこでその友人の持っていた煙草（たしかメンソール味）を生まれて初めて口にしたのだ。いっぱしの不良気取りだ。

いま思うと、セーラー服で白昼堂々と喫茶店で煙草を吸っていても補導されなかったのは、運がよかっただけだが、私は自分に酔ってご満悦であった。

しかし、学校をさぼったことはすぐに母の知るところとなり、内緒で髪にパーマをかけていたこともばれて、頑張って伸ばして聖子ちゃんカットにした髪をサル（人形のモンチッチ）のように強制的に切られてしまった。

父にも一連の話は知られて、一発殴られた。煙草のことが発覚しなかったのは幸いだった。もしわかっていたら、一発では済まなかったに違いない。


絶対権力者の親には逆らえないものの、私は心の奥に埋み火《うずびび》を抱えていた。高校二年になるとそのはけ口は、「男の子と交際する」という目標に向かった。おそらく承認願望が、そういった形で現れたのだと思う。

当時は人生のなかでもっとも自己肯定感が低く、誰かに受け入れてもらいたくて必死だったのだ。仲の良い友人はいたが、アイデンティティの苦悩は理解してもらえないから、不全感があった。だから「異性と交際する＝モテる」ことで、自己肯定感をあげたかったのだ。

私は友人と男子校の文化祭に出向いていき、とうとうデートをすることになった。

私が声をかけたのか、向こうからなのか、よく覚えていないが、とにかくひとりの男の子と知り合った。携帯電話はない時代で、家の電話は親が取るため使えないから、あらかじめ翌週に会う時間と場所を決めておいた。

まじめで堅い女子校だったので、男子校の文化祭に行くだけで「遊んでいる」と言われてしまった。さらにデートのことがばれたら、陰口をささやかれるのは必至だった。けれども、私はどうにでもなれ、と思っていた。

「あの子、韓国人らしいよ」と噂されていたことも知っていたので、なにを言われても同じだろう、どうせみんな私のことなんてばかにしているのだからと開き直っていた。


初デートは、当時流行し出したカフェバーなるところだった。マドンナのミュージックビデオが流れていた。

待ち合わせたのは土曜日の夕方の渋谷で、お互い制服姿だった。

私は緊張して注文も焦ってしまい、とりあえず相手と同じものにした。その男子高校生は、バンドでベースを弾いていて、とても格好よかったのだが、女子に慣れていないのか、ほとんどしゃべらない。

沈黙が流れ、やがて運ばれてきたのはアイスコーヒーだった。口をつけると苦くて、シロップとミルクを入れてどうにか飲めるといった代物だった。ストローでアイスコーヒーを飲み終えた私は、そのまま氷を口に入れて、「相」でかつてしていたように、バリバリと嚙み始めていたらしい。無意識にしていたから、自分では気づかなかった。

「氷を食べるなんて変わっているね」と冷めた目で見つめてきたその彼は、続けて「僕、ミルクティーを飲むような子が好きなんだよね」と言った。

彼とはそれっきり会うことはなかった。

その後、高校時代は、予備校などで男の子の友人はできても「彼氏」はできなかった。


それから、珈琲解禁の大学生になっても、私は紅茶を好んでいた。まったく珈琲を飲まないわけではなかったのだが、すすんで注文することもあまりなく、選択肢があれば珈琲以外を選んでいたような気がする。ココアがあれば迷いなく頼みたいところだが、あまり置いていなかったし、カロリーも気になり始めていた。

そしてなにより「僕、ミルクティーを飲むような子が好きなんだよね」という言葉が頭の中でつねにこだましていた。


では、いつから珈琲をよく飲むようになったかというと、結婚してからだ。元夫が珈琲専門店でアルバイトをした経験があり、豆から挽《ひ》いてドリップコーヒーをたまに淹れてくれたのだ。

「はじめはストレート、次に砂糖を入れて、最後にクリームを入れて」飲むと美味しいということも知った。離婚してしまったが、珈琲の味わい方を教えてくれたことには感謝している。おかげで器にも興味を持つようになり、陶磁器の絵付けまで習い始めた。エスプレッソ用のデミタスカップに小花などの柄を描いた。

最近は、自宅にネスプレッソのマシンを買って、エスプレッソを飲んでいるが、自分で絵付けをした器はよく使う。エスプレッソには、牛乳、アーモンドミルク、豆乳、オーツミルクなどを混ぜることもあるが、ドリップで落としたものをストレートで飲んだりもする。

そうそう、二〇二二年末から二三年初めにかけてベトナムに行き、濃い珈琲に練乳というベトナムコーヒーにはまってしまった。あまりにも飲みすぎて、最終日にお腹をこわしたほど。私には極端なところがあるようだ。

もちろん現地で豆を買ったので、家でもベトナムコーヒーを作ってみたが、やはりあのベトナムの空気に触れて飲むのとはずいぶん異なった。

ベトナムにはまた行きたいと思う。そしてとびきりのベトナムコーヒーを飲みたい。

数年前の冬に『海を抱いて月に眠る』の取材で、父とともに父の故郷である韓国の三千浦《サムチョンポ》を訪ねたとき、父の実家のそばに、いにしえの喫茶店、いわゆるタバン（茶房）があり、父はそこで小学校の同級生と会い、私も同行した。

店の中には、トウガラシが干してあったり、花札が置いてあったりする。囲碁をしているおじいさんたちもいた。珈琲を注文すると店のマダムというよりハルモニが持ってきたのは、インスタントコーヒーだった。その珈琲は寒さでかじかんだ唇をやわらかくほぐしてくれた。

タバンは、かつて女性が出前を装って性的なサービスをするような裏の部分を持っていた。だからなのか、自分が喫茶店を営んでいたにもかかわらず、父は私が大学生のときにケーキショップのカフェでアルバイトをしようとしたら、ものすごい勢いで「喫茶店なんて、水商売はやめろ」と怒鳴り、許してくれなかった。

父にとっての喫茶店やカフェはタバンのイメージと強く結びついていたのだろう。しかし、父の実家近くにあったタバンはもはや高齢者の健全な憩いの場所となっていた。町にはスターバックスもできたが、そこのタバンは時が止まっているかのようだった。私は喫茶店「相」のことが思い浮かんだ。


父の故郷では、親族が次々ともてなしてくれる。家のときもあるが、外の食堂ということもある。そのときはアナゴの白焼きの店に三回も行った。鉄板で焼いたアナゴをサンチュで包んで食べる。極上の味だ。

店の出口付近にお湯で溶かして飲むスティックタイプの珈琲が必ずあって、紙コップに入れて湯で溶かし、親族が私に有無を言わさず食後に渡してくれる。それがまた味わい深くて、最後に飲むと、親族たちの温かで素朴な気持ちが、熱くて甘い珈琲とともに心に染みた。

滞在中に、サンちゃんアジェが咽頭《いんとう》がんで亡くなったと連絡が入った。

私は父を誘って、もう一度タバンに行った。ほかにお客さんのいない静かな店内で、父と向かい合って黙ってインスタントコーヒーを飲んだ。

こんな味だったかな、あまり美味しくないなと思った。そして私は、生クリームたっぷりのココアや、製氷機の氷のことを切なく思い出していた。

二〇二四年四月に四年ぶりにソウルに行った。

韓国の人びとは、珈琲をこよなく愛している。なぜだか真冬でもアイスアメリカーノをやせ我慢してまでも飲む、とか、スターバックスが地下鉄の出口にあるかどうかで土地の値段が違うとか、いまはオーガニックや自家焙煎も増えたとか、珈琲にまつわるいろんな話を聞いた。たしかに、スタバはいたるところにあるし、おしゃれなカフェや珈琲専門店をソウル市内でたくさん見かけた。そして、珈琲は東京よりもちょっと高かった。

『李の花は散っても』の舞台にした徳寿宮《トクスグン》を訪ね、徳寿宮から続く、高宗《コジュン》（一八五二－一九一九年）が日本の支配と朝鮮王朝の終焉を憂えて泣きながら通ったという道も歩いた。

そこにはしゃれたカフェが並んでいて、珈琲を楽しむ人びとであふれていた。道沿いには、日本の春の象徴のような花である桜と、韓国の代表的な春の花のケナリ（レンギョウ）が美しく咲き乱れていた。

李垠の父である高宗は、珈琲好きで有名で、亡くなる直前に口にしたのも珈琲で、そこに毒が入っていたのではないかという疑惑もあるが、真相はわかっていない。

高宗の死は三・一独立運動（一九一九年）のきっかけになった。

ソウルの大学路のカフェは、民主化を願う学生たちのたまり場だったと聞いている。

歴史に登場して、そしていまも歴史に加わっていく珈琲。そして、喫茶店やカフェ。

「相」という文字は、人と向きあうことを連想させる。

私は、これからも、自分自身や誰かと向きあいながら、珈琲を飲みたい。

アジェ　韓国語の親族の呼び方は日本のそれとは比較にならないほど複雑。「アジェ」は韓国の南東部（慶尚北道、慶尚南道）で「おじさん」一般を指す言葉。ソウルの方言では「アジョシ」。このほか、本書では「コモ」という言葉が出てきます。「コモ」は「父の姉妹」を指す言葉。「母の姉妹」は「イモ」。韓国語では父方か母方かで呼び名が違います。

第三話

寿司におもう

好きな料理のランキングに必ず入る寿司だが、私にとっては、長らく避けていた料理のひとつだった。鮮魚が苦手というわけではない。むしろ、刺身は好物だったりする。つまり、寿司そのものの味が嫌いというわけではない。

だとしても、海外で、国内で、「日本に暮らしているんだから（あるいは日本人なんだから）寿司は好きなはず」という言葉を投げられると、ちょっとむっとしてしまう。韓国人だからキムチが好きだろうと同様、ステレオタイプの押し付けにうんざりする。

寿司への想いはさまざまであっていいはずだ。

幼いころ、寿司は、日常的に食べるものではなかった。いまのように安い寿司チェーン店もなかったし、外食はめったにしなかった。「お寿司をとろう」となるのは、祝い事があるか、大事なお客さんが来たときかに限られた。つまり、寿司はもっぱら特別なときに出前でとるものであった。

七月の初旬のその日は、よく晴れ、暑かった。小学校では水泳の授業があり、いつも見学だった姉が五年生にして初めて学校でプールに入ることができて、姉本人も母もとても喜んでいた。「みんなと一緒にプールに入る」ことを姉は切望していたのだ。

いま考えるとあの日はもしかしたら土曜日だったのかもしれない。我が家には、歳の近い母方のいとこ三人が遊びに来ており、大好きなサンちゃんアジェもいた。当時三年生の私は彼らの来訪に、無邪気にはしゃいでいた。しかも、めったに食べない寿司の出前までとったわけで、子ども心に、こういうのを幸せというのだろうかと漠然とながらも感じ取っていたような気がする。

ふだんは食の細い姉もさび抜きの寿司をほぼ一人前平らげ、これには母がかなり驚きつつ喜んでいた。その日にプールに入ったのは、だいぶ病状が良かったからだった。プールに入れたし、元気なのだから、「もしかしたらこのまま快方に向かうのでは」という希望を母は持ったに違いない。

私の姉は、生まれつき心臓の病を患っていた。正式な病名はファロー四徴症《しちょうしょう》という。左右の心室を分ける仕切りの壁に大きな穴がある、全身へ血液を送る大動脈が左右の心室にまたがってしまっている、肺へ血液を送る肺動脈の右室の出口が肺動脈弁と一緒に狭くなる、左右の心室の圧が等しくなり右室が肥大する、という四つの特徴を持つ先天性の難病だ。

症状としては、静脈の血液が大動脈に流れ込んでしまうため、血液中の酸素が不足してチアノーゼ状態となり、息切れや呼吸困難、けいれんなどの発作がたびたび起きる。

心臓外科の領域においては、当時最先端をいく東京女子医大病院で姉は治療を受けてきた。この病気には姑息《こそく》手術と根治手術という大手術が必要で、姉はその二つをすでに受けていた。

手術だけでなく、発作のたびに姉は入退院を繰り返しており、我が家は、姉を中心に生活が営まれていた。私と姉は三歳違いで、私は生後すぐに乳児院に入れられた。姉の入院に母が付き添うため、私の面倒が見られなかったからだ。

父は民族団体の仲間とともに韓国の民主化運動と金大中《キムデジュン》氏の支援、そして後には実業で忙しく、とても子どもの世話などできなかったし、そもそも父親が育児をするなどという考えもなかった。したがって、私は母の実家や、同級生の家、父の知人の家など、さまざまなところに預けられた。
大人ばかりのなかでランドセルをしょってひとりで電車に乗るのが嫌でたまらなかったこと、同級生や父の知人の家ではどう振る舞っていいかわからず戸惑ったこと、母の実家で精神疾患のあるてろうアジェから怒鳴られるのがものすごく怖かったことなどが、鮮明に記憶に残っている。

姉は一年遅れて小学校に入学したが、通院や入院、病状悪化のために学校を休みがちで、しかもふだんから体力がなく、学習についていくのが難しかった。さらに体育の授業はつねに見学だった。だから姉は「みんなと同じことをする・できる」ことを切望していた。プールに入れたことは、どんなにか嬉しかったことだろう。

そんな、ほかの子どもたちとは明らかに違う姉は、格好のいじめの対象となった。チアノーゼになると発作が起きて命の危険があるから走ってはいけないのにわざと走らされる、給食の牛乳のストローの紙を食べさせられる、開胸手術による胸の傷痕を見られて「フランケンシュタイン」と呼ばれ「気持ち悪い」とからかわれるなど、いま思い出しても胸が締め付けられるようなことがしょっちゅうあった。
そんな仕打ちが発覚すると母が激怒して担任の先生に抗議したが、あまりとりあってもらえず、いじめた当人の家に乗りこんでいったこともあった。そのときに、通称名を使い周囲に隠しているのにもかかわらず、「韓国人のくせに」と言われた。言い返せずに家に戻り、母が悔し泣きをしていたこともはっきりと覚えている。それらの出来事に父の介入がなかったのはなぜなのか、詳しいことは不明だが、姉を守って闘っていたのはいつも母だった。

二学年下だった私も、姉がいじめられている場面に遭遇したことがある。休み時間の校庭で、ある女の子が姉の筆箱を持って走り、姉に追っかけさせていたところを目撃したのだ。私は一年生だったが、姉を助けずにその場から逃げてしまった。

実は、私は、つねづね家庭が姉中心で自分がないがしろにされているように感じていた。「お姉ちゃんばっかり」とひがみ根性のかたまりだった。そして、「走ってはいけない」ことは知っていたが、命の危険があるとまでは理解していなかったから、ちょっとだけ、「いい気味だ」とまで思っていたのだ。

姉は私にとても優しくて、姉自身を嫌いということはまったくなく、自分が姉にひどい態度をとることはしなかった。けれどもいつも大事にされている姉が羨ましくてたまらなかった。

姉が入院した際、東京女子医大に見舞いに行くと、当時すぐそばにあったフジテレビの子ども向け番組『ママとあそぼう！ピンポンパン』のスタッフがボランティアで小児病棟に来ているのを見て嫉妬した。また、高価な果物や花、おもちゃやぬいぐるみ、ぴかぴかの文房具、面白そうな本などを見舞い品としてもらっているのを見て、代わりたい、と思ったりもした。

私は、けがをしていないのに包帯を巻いたり、すこぶる健康なのに水銀の体温計を細工して熱のあるふりをしたり、足をひきずったり、ふだんからそういった詐病をしては母にアピールした。

そのたびにひどく叱られたが、私は必死だった。憎たらしい、というか、扱いにくい子どもだったのは明らかだ。

さらに私は韓国人っぽい名前なのに、姉はいじめられないようにと日本人っぽい名前を付けられていたことも、根に持っていた。一方、〇〇子ばかりのなかで名前が目立つのは嫌なのに、なにかにつけて注目を浴びたり、自分が優先されないと機嫌が悪くなったりするようなところもあった。

姉は走らされたその日、チアノーゼから発作を起こして入院したため、私は母の実家に行かされた。また預けられるのかと、がっかりし、「あのとき止めていればよかった」と心から後悔した。

　翌年、おそらく手術かなにかのあと退院して間もなかったころ、姉はしばらく車いすで通学し、私は付き添っていた。そんなある日の下校時、車いすが珍しいのか、姉のクラスメート何人かが姉のまわりにいた。そのなかには、姉を走らせた女の子もまじっていた。

　車いすを押していたのは姉と親しくしてくれていた数少ないクラスメートのひとりだった。姉に好意的で、面倒を見てくれる上級生がいることに気を大きくした私は、姉を走らせた子に向かって、唐突に叫んだ。

「お姉ちゃんをいじめないでっ!!」

　私は、前述の通り、けっして「いい子」ではなかった。むしろ、性格がひねくれていて、意地悪で、気が強く、クラスでも嫌われていた。好きな子同士でなにかをやらされるときは、いつも余っていた。

　このときも、正義感からの言葉ではなかったと思う。

　寿司の出前をとったあの日に戻ろう。

姉はサンちゃんアジェとレコード店に行って、ＥＰレコードを買ってきた。姉が家に帰ってきたとき、私はいとこと遊ぶのに夢中だった。なんの遊びだったか覚えていないのだが、走り回る遊びだったと思う。そういう遊びはふだん、走れない姉とはできないので、楽しくて、興奮していた。

だから、姉が「秀樹のレコードも買ってきたよ」とレコードを渡してきて遊びが中断したことに、いらっとしてしまった。それだけでなく、私にはレコードを買うようなことを許さない母が、姉が買ってもらって帰っても、なにも言わなかったことを「ずるい」と思っていた。

私は受け取ったレコードをその辺に置いて、母の目を盗んで足で蹴った。姉が悲しそうにそのレコードを拾ったとき、さすがの私も胸がチクリと痛んだ。だが、すぐに遊びに戻り、ふたたび思い切り動き回った。

寿司を食べるまで、姉がどうしていたか覚えていない。食卓の様子も記憶にない。

だが、姉が食後に勢いよく寿司桶《おけ》に嘔吐《おうと》した光景は、スローモーションで頭に刻まれている。それから姉は呼吸困難に陥り、意識不明となった。その後、救急車が来て、担架に乗せられ運ばれていった。私はまるでテレビドラマを観ているように、目の前で起きていることを現実感なく眺めていた。

姉は集中治療室に入り、母は病院に泊まりこんだ。私はいとこの家に行った。いとこの家に預けられるのは初めてで、毎日遊びふけった。制限ばかりの我が家やそれまで預けられた先と違い、いとこの家では遠慮もいらないし、あまり叱られないし、自由だった。ずっといとこの家にいたいとすら思った。姉がこのまま長く入院していてくれたら、とまで願った。

姉が入院したまま一学期の終業式を迎えた。

私は母に言われて姉の代わりに五年生の教室に行って姉の席に座り、姉の通知表をもらった。姉の担任の先生は「えらいね」と言ってくれたが、上級生のみんなに注目されて怖かった。私が怒鳴りつけた女の子が睨んでいるような気がして、顔をあげられなかった。

終業式の次の日、夏休みの初日、姉が救急車で運ばれて十三日後、いとこの家で、なにかのごっこ遊びをしていたとき、電話がかかってきた。いつもは母がかけてきて伯母とだけ話すのに、珍しく「電話に出なさい」と受話器を渡された。

私は、そのときも、遊びを邪魔されて、面倒くさいな、と思ってしまった。

しぶしぶ受話器を耳に当てると、電話の向こうの声は、父だった。

「お姉ちゃんが死んだよ」

姉は意識不明のまま息をひきとったという。

私は、意味がわからなかった。姉が死ぬなんて、想像したこともなかった。両親も、姉が死ぬような病気だと話してくれなかった。いつものように、退院して戻ってくると信じて疑わなかった。

それから、通夜までの記憶が飛んでいる。

電話のあとは、教会の聖堂でお棺のなかの姉に対面したことが思い出されるだけだ。姉の手を触ってみると恐ろしいほど冷たかった。目を閉じた顔は、姉とは違う人に見えた。人形みたいだ、とも思った。

私は、まったく泣かなかった。冷たい子だと周囲から思われたはずだ。いとこたちはおいおい声をあげて泣き、まわりの大人はすすり泣いている。父の慟哭《どうこく》する姿を初めて見た。母の涙が涸《か》れることはなかった。

それなのに、私はなぜ泣けないのだろう。

まるで感情が凍りついてしまったかのようだった。

寿司は、姉が最後に食べたものだ。寿司を吐いている姿が、私が見た、動いている姉の最後の姿だ。

寿司は、姉のくれたレコードを蹴った自分の態度を思い出させる。ずっと入院していてほしいと願った自分が嫌でたまらない。

だから、私は、寿司を避けた。

しかし、寿司と姉の死は、母にとっては結び付いていないらしく、我が家ではその後も、なにかあると寿司の出前をとった。私が残すと、好き嫌いが多いと叱られた。なぜ食べないのかと訊《き》かれても、黙っていた。

なるべく寿司から距離をとるように努めて生きてきたが、結婚した相手は寿司が好きで、たまに食べるようにはなった。けれども、積極的に口にしたくはなかった。

ところが、息子が小学校一年生のころから、「回転ずし」に行きたいとねだるようになった。

友達から聞いて行ってみたくなったようだ。

私は、仕方なく、息子と娘を連れて回転ずしに行くようになった。得意げに「サーモンさび抜き！」「納豆巻き！」をひたすら繰り返す一年生の息子は、皿を重ねてご機嫌だ。幼稚園児の娘は卵焼きや唐揚げを前ににこにこしている。

子どもたちの笑顔のおかげで、私の寿司の思い出が徐々に上書きされた。おかげでいまは、寿司に抵抗はないし、むしろ寿司は好きなくらいだ。

十年近く前、『緑と赤』（小学館文庫）の取材で韓国に行ったとき、「かっぱ寿司」を見つけて嬉しくなったことが懐かしい。長い韓国滞在で比較的辛い食べ物が続いていたので、寿司を食べて、心が、胃が、ほっとしたのだ。

いまや、ソウルには手ごろな店から高級店まで寿司屋はたくさんある。権力者が高級寿司を食べながら悪いたくらみをしていたり、買ってきた寿司を法律事務所で食べたりする弁護士の姿など、韓国ドラマや映画でも寿司はよく目にする。

寿司は韓国でも大人気だ。釜山《プサン》に住む父方の従妹も、コロナ禍前は、しょっちゅう福岡や大阪に来て寿司を楽しんでいた。

二〇二三年四月にソウルに行ったとき、働く若い女性のあいだでは寿司の「おまかせ」がはやっていると聞いた。日本に来て本場の「おまかせ」を食べたいという人たちも多いという。せっせと働いたお金で、自分へのご褒美として食べるのだそうだ。自分へのご褒美は、ホテルのアフタヌーンティーや高級ブランド品購入といった消費行動にもなっているようだ。そういえば、シャネルの店頭に長い行列があるのを目にした。

学歴競争社会に勝ち抜くために血のにじむ努力をし続けた女性が疲れ果て、そういったことで自分を癒やしているらしい。そしてブランド品の箱を開けてＳＮＳで披露するアンボクシング（Unboxing）も日常的に目にする。

だが、それが男性のミソジニー（女性嫌悪）に火が付く原因にもなっている。自分たちは軍隊に行って苦労した（している）のに、女ばかりがいい思いをして！　という怒りが根底にあるらしい。社会のシステムによるしんどさなのに、矛先《ほこさき》が女性に向くことがやるせない。

一方、いま韓国ではメルセデス・ベンツやＢＭＷなどの高級外車や高価な大型ＳＵＶ車を、ローンを組んで買う男性も（女性も）増えているという。たしかに、ソウルでは、外車やＳＵＶがやけに多いと感じた。

資本主義が極まり、人びとが疲弊して、わかりやすく物質での満足に走っているのだろうか。日本でも同様の風景をバブルのころに見たような気がするが、いまでも名残はある。格差は広がり、韓国も日本も、私たちはどこに向かっているのか、不安になる。

そんな懸念を持ちつつも、美味しいものをたまには、の誘惑には抗《あらが》いがたい自分がいる。

このあいだ、ソウルに住む友人が東京に来て、寿司店で一緒に「おまかせ」コースを堪能した。私は、「おまかせ」をめったに食べない。ちょっと贅沢だったけれど、寿司は絶品の味だった。盛り付けも芸術的で、器も美しかった。友人とは、韓国のこと、日本のこと、さまざまな話をして、特別なひとときだった。

私の寿司の思い出が、素晴らしいものにさらに上書きされたと思う。

コロナ禍が落ち着いて、韓国から日本への観光客もかなり増えている。以前、韓国人のお客さんに対して故意にワサビを大量に入れて寿司を出したという事件があった。

寿司という料理の思い出が、心を削る記憶につながるようなことが二度と起きないように、切に、切に、願う。
思い出の上書きには、長い時間がかかるのだから。

第四話

カップ麺を食べ続ける

私にとってのカップ麺は、ちゃんとした食事ではなく省略したもの、つまりは手抜きであり、どうしても料理ができない、あるいは、時間がないときに食べる、とりあえずのもの、という印象が強い。

また、日清食品のカップヌードルは、あさま山荘事件（一九七二年）で警察官が食べているのがテレビに映って普及したというエピソードもあって、私の世代やそれより上の人たちにとっては、カップ麺は（外で）簡単に食べるもの、というイメージがあるのではないだろうか。

とはいえ、いまやカップ麺は、さまざまな種類があり、商品開発もさかんで、コンビニやスーパーの棚にびっしりと並び、工夫を凝らした新商品がつねに目に留まる。老舗の店の味もあれば、エスニックな海外の味も手に取ることができて、もはや省略や臨時の食べ物といった位置づけではないだろう。そして、インスタント食品は身体に悪いという固定観念を打ち破るような、健康や栄養に配慮したカップ麺もある。

けれども、私はカップ麺を食べたり、子どもたちに与えたりするとき、手をかけていないという、うっすらとした罪悪感を持つことから逃れられなかった時期が長かった。それだけでなく、寿司ほどではないけれど、カップ麺を目にすると、姉の死が頭に浮かんでしまうのだった。

姉が亡くなったのは一九七五年七月二十一日で、それから通夜、葬式が済み、斎場で遺骨となり、姉は家に帰ってきた。

そのころ、我が家は東京都品川区旗の台の一軒家に賃貸で住んで間もなかった。一階にリビングダイニングと和室があって、二階に三部屋という間取りで、ごく小さな庭もあった。その家を借りるまでは、大家さんの家の二階、2DKに生まれて間もない妹を含めた家族五人で暮らしていたので、二階建ての一軒家に住めたことが、とても嬉しかった（しかし、姉が発作を起こしたその家からは、半年後に引っ越した）。

姉の遺骨は、二階の子ども部屋の隣にあった和室に置かれた。小さな机の上には白い布がかかった祭壇が作られ、木の十字架と姉の遺影と遺骨が並び、蠟燭《ろうそく》がたっていた。そのとき、我が家にはお墓がなかったので、遺骨はしばらくそこにあった。

父の一家のお墓は韓国にあったし、父はいずれは韓国に戻りたかったようなので、日本でお墓を持つ、という発想がそれまでなかったのだ。

母は、ロザリオを握りしめて祭壇の前に座り、まだ赤ちゃんの妹を横に寝かせ、毎日泣いていた。涙というのは無限に出続けるものなのだなと、私はふすまを隔てた子ども部屋から嗚咽《おえつ》を聞いていた。母は、祭壇のある部屋にほぼ一日中いた。泣いていないときは、聖書を読むか、焦点の定まらない目をしてただ座っていた。

学校は夏休みだったが、私は「喪中だから」と外に遊びに行くことを禁じられた。校庭で毎朝行われるラジオ体操にも行かれなかった。ましてや、姉の発作の原因だったかもしれないプールに入ることなどとうてい許されず、プール開放にも参加できなかった。

暇を持て余した私は、母の気配を隣の部屋に感じながら、本を読んだり、ベッドの上で夢想したり、物語を作ったりしていた。時折、階下のリビングでテレビをつけてみるのだが、とくに興味を引く番組はなかったのだろう。テレビを長く観ていた記憶はあまりない。

私は耳をふさいでベッドの上で自分の作りあげた世界へひたすら逃げていた。現実にかえると、ときどき妹の面倒もみた。母に強《し》いられ、祭壇の前にも一日に三度は座らされたが、姉の遺影や遺骨をまっすぐに見ることができなかった。祈りの言葉を早口で言ってすぐに立ち去ろうとすると、母が深いため息をついたり、眉根を寄せたりして私を見るのがしんどかった。

食事の時間だけ母と向き合うことができたが、その食事も、朝は食パンをそのままと牛乳、昼と夜はカップ麺だった。

母に命じられて、カップ麺を含む食べ物は近くのスーパーに私が買いに行った。まだ一歳に満たない、八歳下の妹の粉ミルクも一緒にかごに入れてレジに持って行くと、レジのおばさんが、「お手伝いしてえらいね」と言ってくれて、そのときは得意になった。

カップ麺の種類もたくさん出始めていたので、毎回いろんなメーカーのものを選んで買った。食べたことのないものを試すのは楽しかったが、「母が気に入るかどうか」が大事なので、緊張をともなう買い物だった。

当時、インスタントの袋麺も種類が豊富だったが、母は、鍋ひとつですむとはいえ、袋麺すら作る気力がなかったので、買うように指示されたのは、もっぱら、お湯を注ぐだけですむカップ麺だった。

ちょうど、カップ焼きそばが売りに出されたばかりで、私はさっそくカップ焼きそばも買ってみたが、母には不評だった。お湯を捨てるというひと手間が煩わしかったようだ。あれだけ、食にこだわる母の変貌ぶりに、私は途方に暮れた。

当時、父はほとんど家にいなかったが、姉の死でますます仕事に没頭したようだった。毎晩遅く帰るか外で泊まってくるので、あまり顔を合わさなかった。けれどもある日、珍しく夕飯時に帰ってきた父が、カップ麺をすすっている私を見て、母に対してものすごい剣幕《けんまく》で怒鳴り始めた。

「死んだ子でなく、生きている子のことを考えろっ」

私にとっての父は、愛情をストレートに表すような人ではなく、いつも怒ってばかりの、恐怖の大魔王のような存在だったので、私を気にかけて言ったであろうその言葉に驚いた。母が激しく泣きじゃくり、なにか言い返していたが、細かくは覚えていない。

八十六歳になった母はいまだに「お父さんは、お姉ちゃんの死を悲しんでくれなかった。冷たい」とよく恨みがましく口にする。

『海を抱いて月に眠る』を書くにあたり、父の人生を本人から詳しく聞いた。

その際、姉の死に触れたとき、父は、「私の人生の中で、あのことはもっとも辛くて悲しかったことだから、小説に書かないでほしい」と言った。その言葉を聞いた私は、父は辛すぎて目を背けていたのだ、忘れることで姉の死を乗り越えようとしていたのだ、と初めて理解した。それまでは、母同様、父を「冷たい人」だと思っていた。そしてその冷たさを私も継いでいるのだろうと考えていた。

結局、『海を抱いて月に眠る』には、亡くならず心臓の病を克服した兄、という設定に変えて姉に近い人物を描いたが、父の気持ちを想うと、心臓を患う登場人物を書いた私は、どうしようもないエゴイストだ。作家だから、という言い訳でごまかすことはできない。

そしてまた、姉の件に限らず、モデルがいる人物を描くとき、いや、モデルがいなくても、なにかを書くということは、少なからず誰かを傷つけてしまう可能性があり、誰かを傷つけるということは自分さえも傷ついてしまうと思い知らされた。

『李の花は散っても』においても、長男を亡くした李方子《りまさこ》の描写は、姉を亡くしたときの母の様子を思い出しながら執筆した。私にとっても痛みがともなう作業だったが、子を亡くした経験のある人にとっては、とくに読むのが辛かった部分だろう。刊行後、ある読者の方から実際にそのように言われた。

なにを書くのか、書いていいのか、書くべきなのか、につねに悩みながら物語を生み出しているが、答えはまだ出ておらず、ずっと考え続けている。答えは容易に出せないと思いながら、こうしてここに姉の死のことを書いている。書くことで私自身が多少は救われたり楽になったりするのは確かだが、やましさはつきまとう。

ともに深い悲しみから生じているのに、泣き暮らす母と、一刻も早く姉のことを忘れようとする父は、表出する態度が真逆だ。夫婦がその悲しみをわかちあえなかったことが切ない。父はつねに言葉足らずで、母とすれ違い、私はその狭間《はざま》で、おろおろするばかりだった。そして、私自身はというと、姉の死を、いまだにうまく乗り越えられていないような気がする。その後、祖父母や親族、友人、知人の死を経験するが、人が死ぬことによる悲しみや喪失の気持ちをうまく処理できない。かといって、父のように積極的に目を背けたりすることもできない。それなのに、泣くことだってなかなかできないのだ。

私は、姉が死んだことをまわりの人に触れられたくなかった。悲しみや辛さがうまく感情として表せなかった自分を見つめたくなかったのだ。だから、いまだに誰かが親しい人を亡くしたときにどう接したらいいのかわからず戸惑う。言葉をかけようにも、混乱して黙ってしまう。

両親の言い争いのあとも、私はしばらくカップ麺を食べ続けた。やはり母は料理ができる状態ではなかったのだ。売っているカップ麺のほぼすべての銘柄を食べ、繰り返し買った。姉の遺骨が墓地に埋葬されたのが、夏休みの終盤ぐらいだったから、それまでたぶん一ヶ月ぐらいカップ麺三昧《ざんまい》だった。

父が買った真新しいお墓は、母の実家のお墓があったカトリック府中墓地にあった。このお墓を買うにあたっても、激しい夫婦喧嘩《げんか》が繰り広げられた。

まず、日本にお墓がいるかいらないか、つまりは、文字通り、日本に骨をうずめるつもりで生きるか否かで、父と母は意見が対立した。

また、信者ではない父は、カトリック墓地にも抵抗があったようだ。そして結局は買うことに決まったあとも、墓に刻む家名を韓国の苗字にするか、それとも通称名にするかということでひと悶着《もんちゃく》があった。

骨はいつか祖国の韓国に移すことができるからと妥協した父も、名前についてはなかなか譲らなかった。しかし、そのとき我が家の苗字は父の本来の姓ではなかった。これは父が玄界灘を小さな漁船で密航して日本にたどり着いて以来、他人の名前で生きていたからだった。のちに、本来の姓になるのは、私が結婚する直前だった。

父としては、墓に刻む苗字は偽りの家名よりは通称名の方がましだろうと自分を納得させて、どうにか決着がついた。

私はそのとき、両親が子どもを亡くすのが初めてではないことを知って驚いた。私が生まれる一年前に兄を一歳で亡くしていたのだ。兄の小さな骨壺は姉の納骨の日に、臨時に入れられていた母の実家の墓から我が家の墓に移された。母は兄の死も思い起こされたようで、号泣していた。

納骨が済むと、私たち一家は、山口の宇部にいる父の知人を訪ねた。たぶん、父が母の様子を見かねて、家から出さなければと思ったのだろう。もしくは父自身が気持ちを切り替えたかったのかもしれない。

父の知人の家には外飼いの立派なドーベルマンがいて、私たちに吠《ほ》えてばかりだったことや、優しい高校生のお姉さんが同行してくれて秋吉台に行ったことを覚えている。そしてその家のおばさんが作ってくれたカレーがとても美味しかったことも忘れられない。まぶたが腫れあがった母が旅行中にかすかに微笑んだことも見逃さなかった。

山口から戻ったあとの母は、私と妹を連れて頻繁に交通の便の悪い墓地に通った。教会にもしょっちゅう行った。もちろん、遺影の前にも長く座っていたが、徐々に通常の生活に戻っていき、カップ麺生活は終わりとなった。不思議なことに、一ヶ月ほど食べ続けたカップ麺が美味しかったのかまずかったのか、私は味をまったく覚えていない。

やがて母は、電車やバスを乗り継がないといけないカトリック府中墓地に車で行くため、運転免許を取ることに決め、自動車教習所に通い始めた。母が気力を取り戻していくのは安心したが、母が教習所に行っているあいだ、また私は妹とともに母の実家に預けられたことが不満だった。

それからしばらく、カップ麺とは無縁に暮らした。母がカップ麺を買ってくることもほとんどなく、私も自分から食べたいとは思わなかった。

けれども、中学三年生の夏に、忘れられないカップ麺の思い出がひとつできた。

私には十三も歳の離れた妹が増えていた。小学生と幼児の妹たちと、中学生の私の生活はまったく異なるものの、我が家では当然のように妹たちに合わせた夏休みの生活が営まれた。

そんな私の様子を見て、母方の伯父が「家族で富士山に登るから一緒に」と誘ってくれた。私は八月のはじめ、歳の近い三人のいとこたち、伯父伯母とともに、富士山の頂上を目指した。

楽しくて楽しくて、私はかなりはしゃいでいた。慣れない登山だったが、景色も美しく、会話も弾み、笑い声をたてながら歩いた。当時、学校生活が辛かったので、このイベントはなおさら心が躍った。

私たち一行はご来光（日の出）を見るために八合目の山小屋に泊まった。その晩、伯父が子どもたちにカップヌードルを振る舞ってくれた。

歩き疲れた身体に塩分たっぷりのスープが染み渡る。湯気を放つ縮れた麺がつるつると喉に入っていき、空腹を満たしていく。

いとこたちと一緒で嬉しいうえに、富士の自然に感動した興奮もあいまって、そのとき久しぶりに食べたカップヌードルは、いま思い出しても私にとって生涯最高のカップ麺といえるだろう。

翌日のご来光はぼんやりとしか記憶にないのに、カップヌードルを食べたことはくっきりと映像が頭に浮かぶ。

二〇一一年三月十一日、東日本大震災が起き、私は東京で大きな揺れを経験した。しばらく食材の品ぞろえが薄い日々が続いていた。そんなとき、関西に住んでいる友人が、段ボール二箱分のカップ麺を送ってくれた。種類もさまざまで、友人の心遣いが心からありがたかった。

原発事故による不安にさいなまれているなか、カップ麺を家族で食べていると、前向きな気持ちになれた。

震災後は、カップ麺を常備するようになり、コンビニやスーパーでもカップ麺の棚に目が行くようになった。また、韓国のカップ麺が容易に手に入るようになり、いろいろと試すのが楽しくて、新大久保の韓国スーパーに行くたびに袋麺とカップ麺を買うようになった。

韓国ドラマや映画を観ていると、カップ麺を食べている場面がよく出てくるが、韓国のカップ麺も実に種類が多い。ソウルに行ったときは必ずスーパーマーケットに寄るのだが、日本で手に入りづらい銘柄のカップ麺をお土産に買うのも楽しみのひとつになっている。

そういえば、数年前、アメリカに留学していた娘を迎えに行って日本に帰る前、ニューヨークの空港のカフェで食べたのも、辛ラーメンのカップ麺だった。アメリカ式の食事に飽きていたから、とても美味しかったし、妙にほっとした。

娘によると、アメリカの高校や大学では辛ラーメンが自動販売機で売られていて、かなり人気があるそうだ。

また、アメリカ国内のスーパーマーケットには、多くのカップ麺が並んでいるという。そこには日本のカップ麺もあり、銘柄は、日清食品よりマルちゃんが多く見られるらしい。海外で食べるカップ麺は格別の味で、多少高くてもつい買ってしまうというのもうなずける。

娘の留学中、ＥＭＳ（国際スピード郵便）でカップ麺を送ったが、牛肉エキスなどのなんらかの成分がひっかかり、箱を開けたらカップ麺がすべて没収されていたということがあった。

それ以来、娘は渡米する際、スーツケースふたつのうちのひとつのほぼ半分にカップ麺を詰めていった。

横浜みなとみらいにカップヌードルミュージアム 横浜がある。カップ麺を生み出した日清食品の創業者、安藤百福《ももふく》は、カップヌードルの製造技術を独占しなかったということをそこで知った。

そのおかげで、カップ麺は多彩になり、日本だけでなく、世界中に広がった。そして、ありとあらゆる状況で、カップ麺が登場するようになった。安藤百福は、ノーベル賞にも匹敵する発明をしたと思う。

人は、同じような食をわかちあえば、心を開き、いさかいを起こさないのではないだろうか。そんな簡単なことではないだろうが、そうであってほしい。

コロナ禍中、感染した人のところに行政から送られる食材のなかにもカップ麺が入っていた。もうすでにカップ麺は私たちの生活になくてはならないものとなりつつある。手抜き、なんていうレッテルは過去のものだ。

それこそ、コロナ禍やその後のロシアのウクライナへの侵攻により、気軽に海外に行かれないなか、海外の（味の）カップ麺を食べてちょっとした旅行気分だって味わえた。

これからも私はカップ麺を食べ続ける。

創り出した人のすごさを感じたり、人の痛みや悲しみを想ったり、ひとときの安寧を求めたり、世界の味を楽しんだりするために。あるいは、単純に手っ取り早く空腹を満たすために。

いま、かなりお腹が空いている。これを書き終えたら、ストックしておいた辛ラーメンを食べよう。

私が気に入っている辛ラーメンのカップ麺の食べ方は、お湯の代わりに温めた豆乳や低脂肪乳を注ぐというものだ。拭《ぬぐ》いきれぬ「インスタントは不健康」というやましさを健康的と思われる豆乳や低脂肪乳が払拭してくれるうえに、辛ラーメン独特の酸味も和らぐ。夜中のカップ麺の誘惑によって引き起こる胃もたれも少しだけ軽くなる。

いやいや、やっぱりこってり食べたいという人は、普通の牛乳を注ぎ、とろけるチーズとねぎを足して、さらに韓国海苔をのせたら最高。

カロリーが高くて塩分たっぷりの身体に悪そうなものは悪魔の味で美味しいなあと、背徳感で悦に入《い》ること間違いなしだ。

第五話

酒とともにうたう

父が下戸なので、幼いころにお酒を飲む大人を見たのは、たいがい母方の祖父の家だった。親族が集まるお正月や誰かの誕生会などに、上機嫌にまくしたてたり、喧嘩を始めたりするのを目にした。母方の親族は祖母をのぞき、母を含めた六人きょうだい、その連れ合い、お酒が好きな人が多かった。

ときには、子どもたちを並べてひとりひとりうたわされたりもした。韓国ドラマや映画などでも、宴会で子どもに芸をさせるようなシーンがときどきあり、あのときのことがよみがえって嫌な気持ちになる。私は超音痴だったので、うたわされるのが大嫌いだった。しかも宴席では必ずいとこたちと競わされて、点数や順位をつけられた。そこで負けるのが悔しくてたまらなかった。

二歳下の従弟は、アニメや戦隊ヒーローの主題歌をうたい終わると必ず「トウガラシを見せろ！」と言われ、おどけた様子でズボンとパンツを下ろし、自分の〝トウガラシ〟を見せて、大人たちの喝采を博していた。優勝することも多かった。

母方の祖父にとっての孫たちは、女の子の比率が高くて、従弟が男の子であるというだけで親族からちやほやされているのがあからさまだった。子どもごころに理不尽に思ったし、なんだかとても不愉快だった。

一度母に「あんなものを人に見せるのはよくないのでは」というようなことを言ったら、「子どもだから」とか「かわいいじゃない」、「男の子はあれでいい」とか、「お酒の席だから」といった答えが返ってきてよけいにモヤモヤしたのを覚えている。


子どもたちだけでなく、ビール一杯で真っ赤な顔になっている祖母も歌をうたうように強いられていた。祖母は、最初のうち頭を振ってかたくなに拒むのだが、まわりの粘り強さに負けて、結局うたうことになる。

そんなとき、祖母は小鳥のさえずるような小さな声で「はとぽっぽ」の歌（『はと』）をうたった。祖母のうたう「はとぽっぽ」は、言葉を覚えたての幼児がうたったようだった。

あまりしゃべらないし、めったに笑わずかたい表情のことが多い祖母がはにかんでうたう様子を見て、「大人なのに幼稚だな」と思った。

宴会でうたわれる歌は、いま思うと日本語の歌ばかりだったし、交わされる言葉も日本語だったが、当時はあまり気に留めていなかった。

私はよく祖父のところ、つまり母の実家に預けられた。

祖父は毎晩、マグロの刺身をつまみにして、ぬる燗の日本酒を小さなやかんからガラスのコップについで飲んでいた。

私と祖母、叔父ふたりは台所で祖父とは別に、焼き魚とみそ汁、たくあん、ときにはカレーなどを食べるのだが、祖父は居間でひとり膳だった。だが、お酒がすすんでくると、私を呼び、うたい始める。

やかんに金属製の箸を軽くうちつけ、調子をとってうたうのは、必ず『アリラン』だった。宴席ではけっしてうたわない朝鮮半島の歌を自分の国の言葉で、目を閉じてごく小さな声でうたった。

そもそも、宴席で祖父がうたっていた、ほかのうたは詳しく思い出せない。しかし、祖父がひとり膳でうたう『アリラン』は忘れることができない。哀しく切ない調べに乗せて、いとおしむようにうたいながら、ときには涙ぐんでいたからだ。

「一緒にうたおう」と言われたことが何度かあるが、音痴であったこと、また、とくに思春期のころはアイデンティティの葛藤で、朝鮮半島の歌をうたうことなどとうていできなかった。だから私は、いつも、トイレに行くだの、宿題があるだのと理由をつけて居間から逃げた。隣の部屋で耳をふさいでうずくまっていたこともある。

約一〇年前、『ひとかどの父へ』という小説を執筆するにあたり、母に取材をした。そこで私は初めて、祖父が一九二三年の関東大震災時、自警団に殺されかけたということを知った。

祖父は一八九八年、慶尚南道《キョンサンナムド》の港街、鎮海《チネ》（昌原市《チャンウォン》）に生まれた。日本に渡ってくるまでは、小学校の教師だった。野球ではかつて地方代表のピッチャーで水泳も得意だった祖父は、快活で友人も多かった。

祖父は親しい友人のひとりであり、教員の同僚でもある、祖母の兄の家に呼ばれて遊びに行った。そのとき、ちらっと見た祖母を見そめて求婚した。婚約者のいた祖母は、すでに花嫁衣裳を手作りしていた段階で、結納品（のような、先方からいただいたもの）を返すのも大変で、故郷では大騒ぎの事件だったという。

一九〇二年生まれで長女だった祖母は学校に通うことが許されなかったが、歳の離れた妹は日本植民地下の小学校に通っていたので、妹の教科書でハングル文字や漢字、九九を覚えたという。

日本語の文字は来日後しばらくして、戦後に教会に通うようになって聖書や祈禱《きとう》書から覚えた。韓国語の祈禱書と照らし合わせたという。聖書が漢字とカタカナだったため、祖母はカタカナしか書けなかった。

お年玉のポチ袋にはいつもカタカナで孫たちの名前が書かれていた。

「なんでカタカナなのだろう、やっぱりハンメ（おばあちゃん）は幼いのかな」と当時は不思議だった。まさか、カタカナしか書けないとは、知らなかった。

祖母は、私が泊まると、隣でいつも聖人の話をしてくれた。私は祖母の寝物語が大好きだった。そして、そのときだけは祖母の言葉が滑らかだった。どれだけ繰り返し聖書や祈禱書を読んだのだろうかと思う。

祖母と結婚した祖父は、単身で日本に渡ってきた。祖父の家は、漁の権利を持ち、国から支給される米を配給する役割を担っていたので、経済的困窮での渡日ではなかったかもしれない。また、小学校教師の職を失ったのかどうかも定かではないが、当時朝鮮人の職や土地が日本の植民者に奪われていったので、もしかしたら、日本に来ざるを得ないなんらかの理由があったのかもしれない。鎮海が、日本海軍の軍港だったことを考えると、相当の日本人が早くから入植しただろうし、軍関係の日本人もあまたいただろう。

母によると、祖父は「日本で勉強したくて来た」という。もちろん、それがもっとも大きな理由に違いない。祖母を残してきたということは、朝鮮に帰るつもりだったのかもしれない。ともあれ祖父は、すでに渡日していた実兄が品川の星薬科大学の建築に携わっており、その兄を頼って来たそうだ。渡日の正確な月日はわからないが、関東大震災に遭ったとき、祖父は二十五歳だった。

品川にいた祖父は、「朝鮮人が暴動を起こした」「井戸に毒を入れた」などを信じる自警団に囲まれ、「一〇銭五厘」と言わされた。通説では十五円五〇銭や五〇円五〇銭と言わせたことが多く伝わっているが、母が祖父から聞いたのは、「一〇銭五厘」だった。

朝鮮人は単語のはじめの濁音がとくに発音できない。長音もうまく言えない。一〇や五〇を「チュ」や「コジュ」と言ってしまう。だから、濁音が最初にくる単語、長音が含まれた単語がいくつか使われたようだ。

そして、正確に言えない人を、容赦なく殺した。祖父は、なまりのある地方の人も間違えられて犠牲になったのを見たという。

殺されそうになる寸前に、警官が制止して、祖父は命をつないだ。その後警察の留置場に入れられたらしい。祖父の収容された場所は幸い朝鮮人に危害を与えることはなかったが、警察署で殺されるような目に遭った人たちもいたので、本当に紙一重で祖父は生き延びたのだった。

震災において朝鮮人が亡くなったことは朝鮮でも新聞に報じられ、各警察署や収容先にいる朝鮮人の名簿が載ったそうだ。そこで祖母は祖父が生存していることを知った。

この新聞掲載については、関東大震災の朝鮮人虐殺の事実を語り継ぎ、追悼の碑も立てた一般社団法人「ほうせんか」の方がその事実をあるシンポジウムで話していたので、母が祖父から聞いた話は信憑性がある。

ちなみに祖父は若い女性が強引にトラックに乗せられて連れていかれるところも見たそうだ（もちろん当時は慰安婦にされたとはわからなかったし、軍需工場などで働かされた可能性もあるし、祖父も亡くなるまで慰安婦のことは知らなかったが）。

その後の祖父は、学業を諦め、祖母を日本に呼び、ひっそりと暮らし始めた。戦前戦中は電球を作っていた。工場と住まいがあったのが西大井で、そのあたりにも朝鮮人の小さなコミュニティがあったようだ。皮肉なことに、そこは伊藤博文の墓の近くだった。

差別や迫害、暴力に遭うと、恐怖のあまり萎縮して、権力や体制に追随してしまう。朝鮮人だから殺される、という震災で起きた出来事を経て、朝鮮人としての誇りを持ち続けることが難しくなる。自分の出自を呪い、日本社会に、日本人、体制に過剰に適応しようとするようになってしまう。そしてそれは家族に継承される。

その顕著な例が母の長兄だ。

戦時中、明治大学の学生だった伯父は学徒出陣し、自ら特攻隊に志願した。幸い訓練中に敗戦となったが、すっかり軍国青年だった。文武両道の攻玉社《こうぎょくしゃ》出身の伯父は剣道の達人で、戦後も警察署で地域の子どもたちに剣道を教えるなどしていた。警察との良好な関係を築いていた方が生きやすい、というような生存戦略があったのかもしれない。

また、制度的、社会的差別を受けることで、精神を病んでしまう朝鮮人も多かった。母の弟のてろうアジェもそのひとりだ。

母の家族の来し方を知ると、朝鮮半島出身の人びとが日本で生きることはどれだけしんどいことかと、あらためて思い知らされる。

戦後、一家は大井町の仙台坂近くに越し、祖父はプラスチックの工場をかまえ、ブラウン管テレビの枠を作り、生計をまかなった。そのあたりにも朝鮮半島出身者が幾世帯か集まって暮らしていた。そしてここにカトリック大森教会から外国人の神父が布教に来て、祖父の工場にも通ってきた。

祖母がカトリック信者になったのは、この神父の影響だ。当時工場には朝鮮半島出身の従業員ばかりで、家には韓国から勉強に来た人がいつもいたそうだ。そしてその多くが信者になった。

従業員のひとりで、一番遊び人だった沈《シム》さんはイエズス会の神父にまでなった。私も会ったことがあるが、彼は南米に赴任して日本に来ることがあると我が家に必ず立ち寄った。『海を抱いて月に眠る』や『ひとかどの父へ』には、これら母方の一家の歴史がエピソードのなかにちりばめられている。

朝鮮半島が故郷の人たち同士で寄り添って暮らしていても、やはり震災の虐殺のトラウマは強く、祖父母、そして母のきょうだいは、朝鮮半島の人間であることをなるべく隠して生きてきた。第二次世界大戦の敗戦による解放後、つかの間朝鮮人としての尊厳を取り戻し、母を含む学齢期のきょうだいはみな民族学校に通ったが、間もなく民族学校はつぶされた。

五年生で日本の小学校に転校した母は、授業についていくのがそれは大変だったうえに、ずいぶんいじめられた。通称名を使っていたが、九九もなにも朝鮮の言葉で覚えていたから、すぐにばれてしまったのだ。

中学生のときは、校舎の上から「朝鮮人」とはやしたてられ、植木鉢を落とされたこともあったそうだ。

子どもたちへのいじめを目の当たりにして、また、学校がつぶされるという国家からの朝鮮人に対する迫害に、祖父も祖母もますます萎縮してしまった。

戦争が終わっても、差別は続く。

だから祖父は、近所の人に聞こえないように、小さな声でしか『アリラン』の歌をうたわなかったし、日本語の下手な祖母は口数が少なかったのだ。

大井町から戸越《とごし》銀座に越し、朝鮮半島出身者がまわりにいなくなって、日本人ばかりのなかで暮らしてからはなおさら自分たちの出自を隠す日々だった。

なにかの祝いなど、よほどのとき以外は、マグロと日本酒、鮭の切り身とみそ汁、カレーなど、買い物の時点で朝鮮半島の人間とわからないようなメニューだったのだ。キムチもそれほど食卓にのぼらなかったし、あってもニンニクが控え目だった。


祖母がつねに強張《こわば》った表情だったのは、いつも朝鮮半島出身者だとばれないだろうかと不安だったからなのではないだろうか。また、叔父が精神を病んでいることも萎縮する生活を助長した。祖母は「近所の人がウチのことをどう言っているか」と敏感すぎるほど気にしていたらしい。

祖父母は来日してから一度も自分の故郷に帰ることができずに、祖父は八十二歳、祖母は八十七歳で亡くなった。

私は、祖父と一緒に『アリラン』をうたってあげるべきだった。祖父が故郷の歌をどんな気持ちでうたっていたか、想像もつかなかった。

祖母の「はとぽっぽ」が、唯一うたえた日本の歌だと知っていたら、幼稚だ、などというひどい感想を持たなかっただろう。朝鮮半島の歌をうたうことなんてできなかったのだから。カタカナしか書けない環境だったのだから。

私自身、朝鮮半島のルーツがあることを拒み、まわりに知られないように必死だったからとはいえ、祖父母にもっと寄り添えたはずだ。

あのときにタイムスリップして、韓国語教室で習いたての言葉で祖父母と話したい。

そして、祖父母の生きざまを聞きたい。

キムチをつまみに、焼酎やマッコリを一緒に飲みたい。

『アリラン』を大声でともにうたいたい。

「はとぽっぽ」に手拍子をつけてあげたい。


祖父母への贖罪《しょくざい》の気持ちがあって、私は、小説のなかで『アリラン』をうたい、おどる登場人物を描いた。『翡翠色の海へうたう』(角川文庫)だ。

作中で、慰安婦とされた女性が沖縄の海に向かって『アリラン』をうたい、酒に酔うと踊りうたう。慰安所近くの峠でも小声でうたう。のちに来た軍夫たちも峠でうたう。小説の舞台である阿嘉島《あか》（慶良間諸島《けらま》）の峠の名前はアリラン峠だ。

祖父はかつて小学校の教師だったのでオルガンが弾けて、母の実家にはオルガンがあった。祖父がよく弾いてくれたのは、日本で最初にできたワルツといわれる『美しき天然』だったという。サーカスなどでよく流れた歌だそうだが、たぶんチンドン屋さんの音楽として覚えている人の方が多いだろう。

やはり祖父が弾いたのは日本の歌なのだな、と思っていたら、聞き取り取材のしばらくあとに母と行った、在日コリアンのオペラ歌手田月仙《チョンウォルソン》さんが出演するコンサートで『故郷の春』という朝鮮の歌が流れたとき、母の目からわっと涙が流れ落ちた。

「小さいころ、お父さんがよくオルガンで弾いてくれた曲だった、忘れていた」

祖父は、歌詞を口ずさむことはなく、曲だけを弾いてくれたそうだ。私は、母の記憶と、祖父の想いを小説に残そうと、『海を抱いて月に眠る』に『故郷の春』のことを描いた。

ところで、お酒に関する私自身のエピソードもいくつかある。

初めてお酒を口にしたのは、高校生のころ、背伸びして行った渋谷のカフェバーで、グラスに塩がついているソルティドッグというカクテルを飲んだときだ。ジュースみたいでとくに感慨もなかった。

お酒は二〇歳からというのに、大学のテニスサークルでは、一〇代の新入生が飲みまくっていた。正確に言うと、男子学生が飲まされていた。イッキ飲みという悪習がまだ根付いていたころだ。泥酔して叫び出したり、街を走り抜けたり、お酒というのは、人のタガを外してしまうものなのだな、と学んだ。

そういえば、小学生のころ、船舶会社で機関士をしていたコモブ（父の妹の夫）が我が家に何度か立ち寄ったことがあった。

コモブは世界各地で買ったお土産をくれたし、私を膝の上にのせて楽しそうにお酒を飲んでいた。私はコモブになついていたが、ときどき、お酒を飲みすぎて、おいおいと泣き出してしまうことに驚いた。コモブは、航海で長く離れている、釜山《プサン》の妻子が恋しくて、彼らの名前を叫びながらさらにお酒を飲んでいた。

まさにタガが外れてしまっていた。

タガが外れると困る、自分の出自がばれたらまずい、と肝に銘じていた私は慎重に深酒を避けた。素の自分なんて出たら怖い。
だから学生時代はお酒の失敗はない。

しかし社会人になると、酒席の機会はバラエティに富み、お酒を飲む機会自体も多く、すすめられたお酒を断りにくいという場面が増えた。それはおもに上司が一緒のときだった。若手の女子社員はお酌をさせられるといった、いまではほぼ消滅したような慣習もあった。

それまで私は、記憶がなくなるほど飲んだことはなかったが、とうとうそのときが訪れた。

外資系の化粧品メーカーのマーケティング部に勤めていたとき、出張でパリの本社に行き、本社社長との会食があった。直属の上司と本社社長、それ以外にも何人かいたと思う。瀟洒なフレンチレストランでのフルコースでは、皿が替わるごとに異なるワインが出てきて、すすめられる。緊張と興奮が入り混じって、私はひたすらワインを飲んだ。正直言うと、パリで本社の社長と食事をしていることが得意で、調子に乗ってもいた。

デザートワインが甘くて美味しかったのは覚えている。そもそもあまりお酒は強くないのに、すでに一〇杯近くは飲んでいた。食前にレストラン併設のバーのようなところで一時間以上待たされカクテルも飲んでいたから、二十五歳だった私にとって、その日は人生で一番アルコールを摂取した日となった。空腹な状態から立て続けにお酒を飲んだのもまずかった。

食事を終え、エレベーターに乗ってすぐに意識がなくなった。気づくと、私はフランス人の老紳士、つまり社長に抱えられて一階の玄関フロアにいた。

恥ずかしくて消えてしまいたかった。周囲を見ると、直属の女性上司が顔をしかめていた。

とにかく飲みすぎてはいけないと自省しても、ときどきはめを外してしまうことはある。

私が会社勤めをしていたころはカラオケと言ってもボックスではなく、店でみんなの前で順番にうたう、というスタイルがまだあったが、一時期はカラオケのある店で酔いに任せてうたうことが好きだった。音痴なのはさておき、そのとき楽しければいい、と刹那的だった。

家に帰ると「(在日と見合い)結婚しろ」という圧がすごかったので、そこから逃げたかったのだと思う。遅くなると「娘が酔って夜に帰ってくるとはなにごとだ」と父から殴られたこともあったが、やめなかった。

うたうとその瞬間はすっきりする、ということに味をしめていた。だが、しだいにカラオケボックスへ行くことが増えて、点数などが出始めると、当然低い点ばかりで気分は下がった。だから、たまにしか行かなくなった。

ましてや子育ての時期は、ある程度大きくなった子どもの付き添いぐらいでしかカラオケボックスには行かなかった。そして、ふたりの子どもが成人すると、カラオケとはあまり縁がなくなった。

だが、ごく最近、韓国の友人と久しぶりにカラオケに行く機会があった。楽しくうたう人の声を聴いているだけで楽しかった。そして、たまにはお酒とカラオケという組み合わせもいいかもしれないと思い始めている。韓国のノレバン（カラオケ）に行ってみたいなとも思う。

お酒は、心を解放してくれるが、ときには抑制が利かなくなって、悪い方向に行くこともある。酒席というものに加わるようになって四〇年近く経《た》つが、若いころはセクハラを受けることが非常に多かった。身体を触られることもしばしばだ。

「ふたりで酒を飲めばＯＫということ」とかたく信じていた男性もいた。しつこいセクハラ発言から逃げたくて、カウンター内の大将に必死に話しかけたこともある。

いまでこそ、私はそういうことがなくなったが、まだまだ酒席でのセクハラはなくなっていない。無礼講という言葉に甘えて、さまざまなハラスメントが起きている。男性がみずから、あるいは強いられて、下着姿になったり、ひどいときは脱いで下半身を見せたり、素っ裸になったりするのもどうかと思う。お酒の席が悪夢になるようなことはなくなってほしい。

お酒を飲むのは好きだ。

付き合いで仕方なく、というのはさすがに減り、心が通じ合う人たちと飲むお酒はこんなにも幸せなものなのかと思うことが増えた。

作家になって、話が尽きない在日コリアンの友人や腹を割って話せる日本人の仲間も増え、韓国に行けば必ず酒席を楽しくともにする人たちがいる。

彼らといると、酔って音程の外れた『アリラン』や『故郷の春』を口ずさんでも、温かいまなざしで聞いてくれるし、ときには一緒にうたってくれる。大合唱だ。まわりに外に聞こえたってかまわない。

お酒とともにうたうのは、いとしい歌。そしてお酒を酌み交わすかけがえのないひとときを、大切な人たちとともに、これからも過ごしたい。

第六話

嗚《あ》呼《あ》、フライドチキン

フライドチキンといえば、とにかく、ケンタッキーフライドチキンだった。あの、赤い縞《しま》模様のパッケージやカーネル・サンダースおじさんの顔は、子ども時代の私に強烈なインパクトを与えた。家で作る唐揚げとは異なる、複雑な味付け、骨付き肉のジューシーな口当たりは、特別なものだった。

小学生のあいだは、品川区旗の台に住んでおり、駅のすぐ近くにケンタッキーフライドチキンの店舗があった。だが、低学年、中学年ぐらいまでは、それほどしょっちゅう食べることはなかった。

ところが、例外があった。必ずケンタッキーフライドチキンを土産に我が家に来訪するおばさんがいたのだ。

私は、おばさんが来ると、ケンタッキーフライドチキンが食べられるのが嬉しかった。そして、厳しくて堅い母と違い、朗らかなおばさんが家に来ると、場の雰囲気が明るくなった。私はそんなおばさんが大好きだった。

おばさんは、父と同郷の友人、文さんのお連れ合いで、旗の台の二つ隣の駅、大岡山に住んでいた。在日同胞という仲間意識に加えて、父と文さんも元来親しく、住まいも近かったことから、家族ぐるみで文さん一家と我が家は付き合っていた。

文さんのところには、歳がかなり上のお兄さん、私の姉と同じ三歳上のお姉さんとひとつ上のお兄さんがいて、私は歳の近いお兄さんとダイナミックな遊びができるのがとくに楽しかった。

身体の弱い姉が少しでも健康になるようにと、我が家は毎年のように伊豆や湘南、九十九里へ海水浴に行っており、文さんの家族とも一緒に出かけた。日光浴を夏場にすることが健康のためにいいと両親が信じていたのだ。

姉は泳ぐことはしないものの、ビーチパラソルの下で同い年のお姉さんと一緒に寝転んで嬉しそうだった。

私はお兄さんと砂浜で転げ回ったり、砂の中に埋め合ったり、ヒーローもののごっこ遊びなどをしたりした。海に入って浮き輪で浮かんでいたら、波にあおられひっくり返り、塩辛い海水を飲んでしまったこともいい思い出だ。

私はふだん家で静かにしなければならなかった反動で、文さん一家といるときは、思いっきり騒いでいた。文さんたちとは、互いの家を行き来もし、多摩川に遊びにも行き、花見も一緒にした。

おばさんが、実家のある川崎の桜本まで私を連れていってくれたこともあった。おばさんの親族も明るい人たちで、見知らぬ子どもの私に果物やお菓子をたくさん出してくれた。

そのときのことが忘れられなくて、私は『ひとかどの父へ』という小説の中で、川崎の桜本に住む一家を描いた。

けれども、姉が亡くなってからは、家族ぐるみの交流はほとんどなくなってしまった。文さん一家の子どもたちは、みな朝鮮学校に通っていて、ある日、目黒の駅でチマチョゴリの制服姿のお姉さんを見かけたことがあった。

そのとき中学生だった私は、進学した女子校の校風にも馴染めず、もんもんとし、学校で必死に韓国人であることを隠していることが負担でもあった。

だから私はお姉さんのチマチョゴリの制服姿が神々しく見えた。堂々と生きていることが羨ましくもあった。自分がそうできないこともわかっていたから、気持ちが引き裂かれた。セーラー服に身を包み、複雑な思いを抱えていた私は、お姉さんに話しかけることができなかった。実は、二〇二三年の四月に、お姉さんと再会することができた。それまで連絡先がわからなかったが、共通の知人から、韓国ソウルに在住と知らされ、渡韓の際に会いに行ったのだった。

昔と変わらず優しかったお姉さんは、私に会うのが姉の葬式以来だと言っていた。互いに感極《きわ》まってしまう瞬間もあったが、お姉さんとそのお連れ合いと会えて、私はとてもかけがえのない時間を過ごした。

ソウル市内の平壌《ピョンヤン》式冷麺の店でプルコギと冷麺をいただき、思い出話やこれまでの互いの来し方、家族の近況などを話した。

お姉さんは、目黒のルノアール（現Ｃａｆｅ Ｒｅｎｏｉｒ）という喫茶店で、父親同士がそれぞれ新聞を読みながら背中を向けあい、煙草を吸っている姿を見かけたそうだ。まったく会話はないのに、ふたりの仲の良さがガラス越しに伝わってきたという。

私の父はいま九十二歳だが、お姉さんの父親である文さんは亡くなっている。父は私に会うたびに、友達がみな死んでしまって寂しいと嘆くのだが、文さんのことも思い浮かべているに違いない。

さらにお姉さんは、私はいつも動いている印象があったと言った。たしかに私には、落ち着きがない、じっとしているのが苦手、よくこぼす、やたらに転ぶ、ものにぶつかるといった特徴があった。

家庭での抑圧が強いうえにつねにエネルギーを持て余していて、きっかけがあるとはじけてしまっていたのかもしれない。お姉さんやお兄さんといるときは、フルスロットルだったのだろう。


元気すぎる私が勢いあまってなにかをすると、母はかなりきつく私を叱った。そして、おとなしい姉と比べてうんざりしているのを子ども心に敏感に察知していた。

そんな私がこともあろうに、母の意向で、お嬢さん学校といわれる私立のカトリックの中高一貫女子校に入学したのだから、そりゃあ息苦しいのも当然だ。

「良き母」がモットーの学校に馴染むわけもない。母としては、おしとやかになってもらわなければならないとの強い思いだったに違いないが、あまりにもミスマッチすぎた。

それなのに、私は私で、母の望む娘にならなければ、母に好かれたい、と一生懸命だったのだ。お嬢さん学校にふさわしい生徒にならなければならないと自分を押し殺す日々だった。


少し時をさかのぼる。

姉が亡くなった翌年、小学四年生になったときから、中学受験の準備のため、私は学習塾に通わされた。姉へ注いでいた母の愛情と労力、ケアの対象は幼い妹へと移り、私に対しては、「勉強をさせる」「いい学校に入れる」という形の愛情が用意された。

最初は家から徒歩圏内の個人塾に週に二回と、日曜日に四谷大塚進学教室（現四谷大塚）に通っていたのだが、五年生になると本格的な中学受験の進学塾に移り、週三回と日曜日の四谷大塚、六年生には週五回と日曜日の四谷大塚、つまりほぼ毎日通塾するようになった。

そこは寺子屋式のスパルタ学習塾で、板張りの部屋に成績順に正座して三時間授業を受けるというスタイルだった。成績下位のものたちの席はくみ取り式トイレの近くで、ものすごく臭かった。

行きは電車で、帰りは運転免許を取った母が車で迎えに来た。帰るころには足の感覚がなくなっていた。

正直言って、中学受験の勉強は、大嫌いだった。友達と遊びたかった。

学校では六年生のころ、放課後に缶蹴りがはやっていたが、塾に行く私は、放課後居残りや公園での遊びができずにその仲間に入れなかった。

当時私の通っていた公立小学校では、中学受験をする生徒は少なく、ほとんどが放課後の遊びに加わっていたので、非常に疎外感を持った。そして、その思いは、「みんなが行く公立の中学校に行きたい」という考えになり、ますます受験勉強が嫌になった。

一度だけ、塾をさぼってみたりしたが、見つかってこっぴどく叱られ、父に殴られた。その後も泣いて中学受験が嫌だと喚《わめ》いてみたが、無視されて放置されたので、中学受験は避けられないと悟り、諦めて勉強することにした。

そもそも性格に難のあった私は友達も多くはなかったが、姉の死後は、「いい子」にならなければと必死だった。そして努力は少しずつ実を結び、六年生になると、仲の良い友達もでき始めていた。そして、担任の先生から「あなたはいい子になるために頑張っているから先生も応援している」とみんなの前で言われるまでになった。

この先生と母は妙に親しくて、母は先生になんでも言っていたきらいがある。いまでは考えられないことだが、母がお中元やお歳暮を贈ると、みんなの前でお返しをくれるようなこともあった。のちにどこかの小学校の校長先生になったらしいが、私は母と違って卒業する最後まで担任の先生が苦手だった。

さて、フライドチキン。

暗黒の中学受験の準備時代の楽しみ、いや、救いは、夜中のココアと、夕方のケンタッキーフライドチキンだった。

学校から帰って、塾に行く前に、ケンタッキーフライドチキンを食べる。本格的な夕ご飯は塾から帰ったのちに食べるので、間食というか、おやつみたいなものであるが、それにしてはボリュームがある。

さすがに毎日ケンタッキーフライドチキンというわけではなく、中村屋の肉まん（中華まん）や、おにぎり、サンドイッチなどのこともあったが、私はだんぜんケンタッキーフライドチキンを望んだ。

いろいろと制限ばかり強いる母だったが、チキンはできるだけ用意してくれた。六年生のころは、週に二、三回は食べていたのではないだろうか。勉強させるため、塾に通わせるための餌だったのだろう。

まんまとその策略にはまり、二ピースのチキンとコールスロー、ロールパン（当時はビスケットではなかった）のセットをお腹に収めて、いざ、闘いに出向く日々だった。

成績は徐々にあがり、体重もそれにともなって増えていった。脂っこいものばかり食べるからか、ニキビも花盛りだった。

塾にせっせと通い、帰宅後は毎日深夜二時くらいまで勉強し、朝六時に起きて漢字や計算ドリルをやった。四当五落（四時間睡眠は合格、五時間睡眠は落ちる）と言われていたのを信じて睡眠時間を削って勉強した。

そのなかで、どうにも辛い思い出がある。

朝、父がわざわざ起きてきて監視してきたことだ。私を勉強させるという一点においては、両親が意気投合していたように思う。

私が眠気のあまりうつらうつらとすると、父が怒り狂って「たるんでいる。わしが起きているのになんだっ」と頬を叩いた（父はかつて岡山にいた影響で、わし、という一人称をつかう）。目が覚めたのはもちろんだったが、なぜこんな仕打ちを受けなければいけないのか、寝ていてくれたらいいのにと理不尽でたまらなかった。

また、頼んでもいないのに、父はテレビを押し入れにしまい、「受験だから、お前にテレビを観せないためにわしも我慢する」と宣言したが、私は、テレビを観るのを我慢しなくていいから優しくしてほしい、と心の内で思っていた。

父も母も、本当に厳しく勉強を強いてきた。とはいえ、両親の厳しさがあったからこそ無事に合格できたというのも事実だろう。第一志望の学校は落ちたが、母の希望するお嬢さん学校には行けたので、親孝行にはなったのではないだろうか。そこは、母が通いたかった学校だった。

私の人生の中で、中学受験の準備時代ほど勉強した時期はない。いま思えば、いい経験だったし、嫌なことを我慢してやる、という耐性は獲得できた。それに、そのときの基礎や勉強に集中する訓練があったおかげで、大学受験も乗り越えられたように思う。国語力もついたし、文章力も鍛えられた。だからいま、ものを書く仕事ができているのかもしれないと思うことにしよう。

六年生の二月に志望校に合格し、穏やかな日々を過ごしていた。そのころには、親友と呼べる友人もできて、私は幸せだった。だが、父方の祖母が亡くなって、韓国の父の故郷へ学校を休んで行くことになった。

生まれて初めて飛行機に乗り、釜山《プサン》の空港につき、そこから車で二時間あまり走り、父の故郷、三千浦《サムチョンポ》に着いた。亡くなった祖母は日本に来て我が家に一ヶ月ほど滞在したことがあったが、そのとき会ったきりだったので、悲しい、という感情はなかった。あまりにも感情露《あら》わに大声で泣く人びとが芝居じみて見えた。

親族はみな白い韓服を着ており、母もそろいの服で涙に濡れていた。父も顔をゆがめて嗚咽《おえつ》していた。私はただ、なんの感情も湧かずにそれを眺めていた。虚無、と言っていいほどだった。

葬儀が終わってもしばらく父の実家に滞在した。祖父がそのとき、街に一軒しかないおもちゃ店に私を連れていってくれて、ウサギのぬいぐるみを買ってくれた。祖父が孫におもちゃを買ったのは初めてで驚いた、めったに会えない孫には特別な思いがあったのだろうとのちにコモ（父の妹）が言っていた。

二月の韓国はとても寒かったが、親族のもてなしは、熱かった。毎日のように、父のきょうだいの誰かの家に呼ばれて食事をごちそうになった。

海辺の街なので、食卓を飾るのはおもに魚料理だった。そのころは魚よりも肉が好きだった私は、出された料理をほとんど食べられなかった。もちろん、キムチを含む辛いものも受けつけない。仕方なく、白米や果物で空腹を満たしていた。

すると、料亭を営んでいるコモ（父の姉）が、「好きな料理を作ってあげるから、言いなさい」と言ってくれた。コモは日本の占領下で女学校に通っていたので、日本語が上手で、私にもしきりに話しかけてきてくれた。

柔らかい笑顔で訊かれたので、私は、遠慮なく「ケンタッキー」と答えた。しかし、よくわからないようで、首をかしげている。私の傍らにいた母が、「フライドチキン、鶏の唐揚げです」と補うと、コモは破顔して「任せなさい」と言った。

翌日、私たちはコモの料亭に呼ばれた。私は、フライドチキンにありつけるのかとわくわくしていた。だが、いざ席について目の前に出されたのは、大量のエビフライだった。「鶏が手に入らなかったからね」とコモがにっこりと微笑んでいた。

がっかりしたのもつかの間、私は添えてあったケチャップをたっぷりとつけて、エビフライを次から次へと口に放り込んだ。コモの気持ちも嬉しかったし、エビフライはすごく美味しかった。

私の好きな韓国映画に『おばあちゃんの家』（二〇〇二年、イ・ジョンヒャン監督）というのがある。ソウル育ちの男の子が田舎のおばあちゃんの家に預けられるというあらすじだ。男の子が、ケンタッキーフライドチキンが食べたいとせがんでおばあちゃんが作ったのが鶏をまるごと一匹茹《ゆ》でたものだったというエピソードを観ると、コモのエビフライを思い出す。

父の実家で一週間ほどの滞在を終えて釜山に立ち寄り、ロッテリアのハンバーガーを食べた。久しぶりのファストフードに大満足で、美味しかったー、と店から出ると、道ばたの屋台でポンテギ（蚕のサナギを蒸して味付けしたもの）を売っていて、飛び上がるほど驚いた。国籍のある、たぶん自分の国だけど、いろいろと違いすぎて戸惑う、という複雑な気持ちを抱いた瞬間だった。

それでも、韓国に初めて行って、血のつながった親族たちと触れ合って、私は自分が韓国人であるということを強く意識するようになった。

そして、だんだん、そのことを人に言ってみたくなったのだ。六年生の時点では、まだまだアイデンティティの葛藤はそれほど強くなかった。韓国に葬儀のために行ったことはクラスメートには伏せており、どこかの地方に行ったことにしてあった。母がそうしてくださいと先生に頼んでいたのだった。

だが、もう姉がいじめられることはないし、嘘をついている必要はないのではないだろうか、と私は思い始めていた。

当時、毎日ひとりずつ、三分間スピーチというのを朝の会でやることになっていた。そして私には三月の初めの卒業間近に順番が回ってきた。

「いままで隠していましたが、私は韓国人です」

私が告白すると、クラスのみんなと先生が息を呑《の》んで、沈黙がその場を支配した。そして、しばらくして先生がハンカチを目に当てて、口を開いた。

「先生、涙がこぼれそうよ。かわいそうで……よく、頑張ったわね、つらいでしょ」

その後、クラスメートがどういう反応をしたかはよく覚えていない。担任の先生の「かわいそう」という言葉に衝撃を受けてしまい、混乱してしまった。

誇らしい気持ちで告白したのに、私は、かわいそうなのか。韓国人であることは、かわいそうなことなのか……。つらいことなのか……。

その後、親友となってくれた友達が、気を使っていつもそばにいてくれたことは覚えている。すぐに卒業式となり、私はクラスメートの多くとサイン帳を交換し、別れを惜しんだから、私の告白は、おおむね大きな問題もなく、クラスメートから嫌な思いをさせられることもなく、つまり韓国人の私は、彼らから受け入れられたのだと当時は思った。

それから、カトリックの女子校へと入学した。卒業した小学校からは私しかその学校に行っていない。

いや、まさに、そこは別世界だった。

付属の幼稚園や小学校から上がってきた子たちの親は、大学教授だったり、大手有名企業に勤めていたり、経営者だったりした。医師の娘も多かった。

中学から入ったある生徒は、「あの人、家が本屋らしいよ」とばかにするような口調で噂されていた。私は、本屋であんなことを言われるなら、自分が韓国人だとばれたらどんなことを言われるのだろうと恐ろしかった。

だから、記入してきた身上書を後ろの席から集めるのに、細心の注意を払って自分のものが次の人に見えないように、あいだに挟んで回したりした。

私の身上書には、本籍地に大韓民国と書いてあったからだ。おまけに、父の職業も「遊戯場経営」となっている。つまりはパチンコ店を営んでいるのだが、そんなことが知られたら、クラスメートから見下されるのは確実だと、ビクビクしていた。

私は卑屈の極みにいた。

仲良くなった子の家に呼ばれて行ったら、お手伝いさんがいたり、ものすごい豪邸だったり、品川区の公立小学校とは異世界だった。

三〇坪の建売住宅に越したばかりの私は、「これは、まずい」と思った。だから、必死に適応しようとした。セーラー服での通学時に電車の中で毎日のように遭う痴漢に耐え、友達にこびへつらい、容姿にコンプレックスを募らせつつも、なんとか学校に、まわりの子たちに馴染まなければならない。

そして、その焦りが、とんでもない行動を引き起こした。

小学校六年生にしてやっとできた親友と文通をしていたのだが、私は、その子に、許しがたい手紙を書いたのだ。

「私はもうあなたとは付き合わない。この学校で生きていかなければならないから。あなたとはレベルが違うところに来たから」というような内容だったと思う。

親友は、激しく傷ついただろう。手紙を送ってすぐに、なんてひどいことを書いたのかと後悔した。しかし、謝ることもできずにいまにいたっている。

もしも、このエッセイを彼女が読むことがあったら、本当にごめんなさい、の言葉を伝えたい。あんなに寄り添ってくれたのに、私は最低だ。

自分自身のなかにある差別心、傲慢さに辟易《へきえき》する。

フライドチキンはずっと好物だ。

けれども、いまや、ケンタッキーフライドチキンを食べる機会はほとんどなく生きている。かつて中高の文化祭に、ケンタッキーの出店があったが、買うことはなかった。カーネル・サンダースおじさんの等身大人形が雨に濡れているのを見て、シスターが「あの人に傘を」と言ったという逸話だけが記憶に残っているけれど。

フライドチキンはときどきむしょうに食べたくなる。

とくに、韓国ではお馴染みのチメク。チキンとメクチュ（ビール）。フライドチキンとビールの組み合わせは最高だと思う。韓国でチキン屋さんに行くのも楽しみのひとつで、訪韓のたびに新しい店を試している。ヤンニョムチキンも好きだけれど、やはり、シンプルなフライドチキンを選ぶことが多い。

フライドチキンだけでなく、鶏の唐揚げも好きで、ときどき自分でも作る。

私の母は、父がパチンコ店を経営しているとき、元日に働く従業員のために唐揚げを二〇〇個近く揚げて送り届けていた。私も実家にいるときは手伝っていた。母のレシピは、ショウガがけっこう利《き》いている。私が作るときも母の味を継いでいる。

唐揚げでも、フライドチキンでも、ケンタッキーでもいいから、それらを食べながら、あの親友だった彼女とビールを酌み交わせたら、私の人生における悔いはひとつなくなるのに。

嗚呼《ああ》、フライドチキン。

人生はままならない。

第七話

肉をともに食べるひと

肉を食べる、と言ったとき、真っ先に思い浮かぶのは、私の場合、焼肉だ。加えて、焼肉といえば、かつては牛肉を焼いて食べることと同義であった。

焼肉の思い出は、家でのものではなく、焼肉店でのエピソードが印象深い。

とくに忘れられないのは、韓国大使館のＰさん一家と何度も赤坂の高級焼肉店に行ったことだ。なぜ大使館の人と父が接点を持つようになったかは、ちょっとした物語がある。

家族で焼肉店に行くことがたまにあったのだが、いつも行くのは、自宅から比較的近くにあった在日コリアンの家族が営む、価格も手ごろな小さな店だった。注文は父が決めてしまうし、せっかく外食するならもうちょっとしゃれたところ、たとえば洋食のレストランなどに行きたいと思うばかりで、実を言うと、私はその焼肉店に家族で行くのが、そんなに心躍ることではなかった。

だが、大使館のPさん一家との食事はゴージャスな焼肉店だったから、特別な感じがあって、まんざらでもなかった。


大使館のPさんと焼肉店に行くようになったのは、私が中学三年生のときからだ。軍事独裁の全斗煥《チョンドゥファン》政権時代（一九八〇～八八年）である。日記で確認したので、間違いない。

Pさん一家とはあるときから突然付き合いが始まった。当時は父がどういう生き方をしているか知らず、興味もなかった私は、韓国大使館の人と父に接点があることをとくに不思議に思うこともなく、赤坂の高級店ということに気圧されて緊張しつつも、正直、赤坂で焼肉を食べるという贅沢は、好ましく思っていた。


Pさんは物腰のやわらかな紳士で、きれいな日本語を話した。これまで出会ったどの韓国人よりも静かで落ち着いた雰囲気の人だった。ご夫人も上品で優しい人だった。私よりも年下のお嬢さんふたりもおとなしかった。

親族や知り合いがほぼ慶尚南道《キョンサンナムド》出身者で、Pさん一家が初めて知り合ったソウル出身の韓国人だという母は、「やはりソウルの人は違うわね、言葉から態度から」と会うたびに感慨深く言っていた。

私も「慶尚南道の人とソウルの人ってそんなに違うのか」と単純に思っていた。

たしかにPさん一家は母方や父方の親戚たちや、在日コリアンの知人たちと著しく佇《たたず》まいが異なっていた。Pさんは数年の駐在を経て韓国に戻ったが、私の両親はその後もずっとPさん夫婦と連絡をとって付き合っている。昨年もクリスマスカードのやりとりがあった。

『海を抱いて月に眠る』という小説を書くにあたって父に聞き取り取材を始め、父の来し方をあらかた聞き終えたとき、私はふとPさんのことを思い出して、父に「大使館のPさんとはどういう関係だったのか」と訊いた。すると父は「彼は情報部（安全企画部）の人間だった」と答えた。Pさんは駐日韓国大使館の公使だったという。そして、Pさんは父を尾行していたそうだ。

Pさんの尾行に気づいていた父は、ある日道ばたで立ち止まって振り返り、Pさんに近づいて行った。

「もう私はなにもしませんから、尾行しなくて大丈夫です。やめてください。わかりきった尾行は意味がないでしょう」

父はそうはっきり言い、それ以来親しくなったのだそうだ。
「彼は良い人間だよ。立場が違っただけだった」と父は言うが、もしかしたら、親しくなったというのも、監視されていただけなのかもしれないし、父にとって、Pさん一家と付き合うことは、保険をかけるような意味合いがあったのかもしれないと邪推してしまう。
あの赤坂の高級焼肉店での晩餐は、父にとっては命をつなぐ接待だったのではないだろうか。

金大中氏の支援や、日本での民主化運動を行わなくなったとはいえ、父はその後もつねに監視されていた。朴正熙時代のＫＣＩＡ（韓国中央情報部）に続き、全斗煥政権の安全企画部の人間が韓国大使館に公使として、あるいは領事館の領事という体《てい》で、在日韓国人の動向を見張っていた。つまり、政治活動をやめた父にもふだんから尾行がついていたのだ。

当時のＰさんと父との関係の真相は不明だが、韓国が民主化し、父もＰさんも年老いた現在は、ふたりが親しい友人であるのは事実だろう。
それにしても、尾行とか、監視とか、実のところ現実味がなかった。

しかし、数年前に釜山在住のコモ（叔母）から、父の日本での反政府活動のおかげで、韓国の父の一家が厳しく監視されていたことをはじめて聞いて、私は独裁政権や軍事政権下で生きる険しさを思い知った。

民主化するまで父の一家への監視は続き、そして当然ながら父には訪韓のたびに尾行がつき、きょうだいは連座で出世が妨げられたり、進学や就職が不利だったりと、いろいろなことがあったらしい。

父が現役で反政府的な活動をしていたころは家族への抑圧や弾圧はさらにひどく、北朝鮮に父の住所があると、当局から言われたことも明かしてくれた。

反共のすさまじさは、日本に生まれ育った私の想像を超えている。


韓国の政府側といかなるやりとりがあり、どんな妥協や約束をしたかということを私が訊いても、父は話してくれないのだが、コモによると、父は韓国に暮らす自分のきょうだいが連座で不遇な目に遭っていることを知り、ずいぶん苦悩していたということだった。

つまり、妻や娘のことを考えて、あるいは危篤だった自分の母親に最後に会いに行くためだけでなく、韓国に住む家族のことも考えて、政権に抗う活動を断念したようだった。

そして、それまで政府からパスポートを発行してもらえずに帰れなかった祖国に戻れるようになった。しかしそのつけとして、全斗煥政権の際には、父はかなりの額の寄付（?）、賄賂（?）を要求され続けたともコモが嘆いていた。

父は祖母の臨終の際に訪韓して以来、ひとりで、あるいは家族をともなって、旧正月《ソルラル》や秋夕、祭祀、夏休みや春休みなど頻繁に故郷の三千浦に行くようになるが、民主化以前は、相当の緊張感と覚悟を持って渡韓していたのだろう。

その後父は、民主化以降に、やっと、なにも憂いもなく、たびたびひとりで韓国に行くようになり、それは、つい数年前、八〇代後半になるまで続いた。

アイデンティティをだいぶこじらせた中高生時代を送った私は、韓国への想いも複雑なものがあった。そのことについてはこれまでの著作にも描いているが、私には小説に描いていない、韓国から来た青年との淡い思い出がある。

上智大学一年の初夏、大学の先輩が参加する英語のスピーチコンテストに先輩の応援に行った。会場は立教大学で、そこにはさまざまな国の学生が参加していた。たまたま私の席の近くには、韓国からの学生の集団が座っていた。

休憩時間になり、そのうちのある男子学生がひとりでいる私に英語で話しかけてきた。内容は忘れたが、たわいもないことだったと思う。

ふだんは通称名を使い、韓国人であることを周囲にひた隠しにしていた私は、なぜだかそのときはごく自然に、彼に、「私は在日コリアンだ」と言っていた。

すると彼は自分の仲間にそのことを告げ、それからは男女の韓国人学生たち数人が私を囲むようにして会話に加わってきた。

なかには、妙に警戒するような態度を示して近づいてこない学生もいた。だが、話しかけてきた数人は、在日コリアンと接するのが初めてだとかで、興味津々で、故郷はどこだとか、父親がなにをしているか、民団（在日本大韓民国民団）に所属しているのかなどを尋ねてきた。

私は、韓国人の学生たちと話すのがとても楽しくて、興奮していた。韓国の現役の大学生と話すのは、韓国のいとこたち以外とは初めてだった。質問されて答えているのが、自分の嘘偽りのない素性であることも、新鮮だった。つねに隠していること、つまり韓国人であることを堂々と言えることが、自分でもびっくりするほど嬉しかった。

スピーチコンテストが終わったあとも、韓国の学生たちと離れがたく、しばらく会場の外で話していた。コンテスト出場を終えた日本人の先輩と、その先輩が親しくなったという在米コリアンの学生も加わった。

それまで先輩には自分の出自を言えなかったが、そのときに勢いで話したら、「へえ、そうなんだー」とさらっと受け止めてくれた。

小学校六年生の三分間スピーチ以来のカミングアウトだ。とくに驚きもしない先輩の反応が意外だったが、ほっともしていた。大学のみならず中高の同窓生で、大学受験時に英語の家庭教師をしてくれた大好きな先輩に韓国人であることを隠していたことも、どこか後ろめたく思っていたからだ。

私は、先輩に限らず、親しくなった友人に出自を隠していることが、嘘をついているような気がして、いつもなにか心の奥に引っかかっているような気持ちがしてしまっていた。けれども、在米コリアンの学生と親しくなるような先輩には、心おきなく告白ができたし、帰国子女でもある先輩は、差別意識をまったく持ち合わせていなくて、こんな人もいるのか、と感激もしたのだった。

当時は携帯電話もなかったので、互いの自宅の住所と電話番号を書いたメモを交換し合った。最初に私に話しかけてきたのは、大学二年の金《キム》君で、なかなかの好青年だった。いまでいうイケメンで、韓国人俳優のコ・スに似ており、まあ、つまりは、とても好みのタイプだった。なによりさわやかな笑顔に魅かれた。

話してみると穏やか、かつまじめでますます好感を持った。私は彼とそこで別れてしまうのが寂しかった。もう次の日には、みな韓国に帰ってしまうという。

私は彼らに待ってもらって、公衆電話から自宅に電話をかけた。珍しく家にいた父が電話に出たので、「韓国の学生と会ったから彼らを家に食事に招きたい」と伝えた。すると受話器の向こうの父は、しばらく沈黙した。私は父が歓迎してくれると思い込んでいたので、その反応が不思議だった。

もしかして私の行動は、父の怒りを買うようなことなのかもしれない。

軽率だったのだろうか。

一〇人近い学生を家に呼ぶのは無理だということか。

そんなことを思い、がっかりしつつ、叱られたらどうしようと、びくびくして電話を切ろうとしたら、父が、低い声で「連れてきなさい」と言った。

急だったうえに、借家から持ち家になり多少広くなっていたとはいえ手狭だし、さすがに自宅に呼ぶのは、幼い妹たちもいて母の負担だということで、父の知人が経営する目黒の焼肉店に彼らを連れていって、父のおごりで食事をすることになった。

父の知人の店は、あまり広くないので、貸し切り状態となった。だが、まわりの目を気にせず英語や韓国語で話せることに安心した。

韓国人の学生も在米コリアンの学生も、在日コリアンの営む焼肉店のようなスタイルは韓国やアメリカにはないので、珍しがっていた。
父が気前よくロース肉を注文し、学生たちは「美味しい、美味しい」と次々に肉をほおばった。父の前では緊張しているようであまり話さないし、父もそれほど口数は多くなく、もっと盛り上がると思っていた私は拍子抜けした。先輩も父がいるからか、あまりしゃべらなかった。

私は金君の隣で、英語で会話をするのに一生懸命で、そのうちに、まわりのぎこちない雰囲気は気にならなくなっていた。胸の鼓動が終始高鳴っていたことはいまでも覚えているが、会話の内容はすっかり忘れてしまっている。

金君や学生たちとは目黒駅で名残惜しく別れた。私は彼らの姿、厳密に言うと、金君の姿が見えなくなるまで改札口で手を振った。

それから二週間ほどして、深夜に突然起こされ、父から応接間に呼ばれた。応接間に呼ばれるときは、たいがい説教と決まっていた。身に覚えがないものの、父が怒ったときの恐怖が身に染みている私は、縮こまってソファに座った。
手をあげられたらどうしようと、顔をあげる勇気はなく、うつむいて、なにか落ち度はなかったか、失敗はしていないか、近々で夜遅く帰った日があったか、男の子の友達から電話でもあったのだろうかと、猛スピードで思い巡らせていた。
ちなみに我が家は門限も厳しく、恋愛もいっさい禁止だった。

父がテーブルになにかを置いたので視線をやると、白い封筒と便箋がある。促されて手に取ると、宛先には父の名が漢字で書いてある。裏の送り主が記されたところには、ハングルが並んでいる。便箋の方も、文面にはハングルしかない。私にはなにが書いてあるのかいっさいわからないし、これを見せる父の意図も読めないので、混乱した。

そこで父が口を開く。

「このあいだ焼肉に連れていった延世《ヨンセ》大学の金君からだ。食事のお礼が書いてある」

「金君はなんて礼儀正しいのだろう」と感心しつつ、
「だけど、お父さんにではなく、私に英語で手紙をくれればいいのに」
「でも、きっと手紙を開けてしまうから、同じことか」などと考えていた。
父も母も、男の子からの私宛ての手紙を勝手に開けたことがあるのだ。

それから、と父が言葉を続ける。

「お前と交際したいので、文通を許してくれとあったから、『学生の本分は勉強なのだから、しっかりと勉強して、交際などと考えるのはやめなさい』と書いて返事を送っておいたからな」

父はそう言い終えると立ち上がり、応接間を出て行った。

そのときは、文通ぐらいいいじゃないか、私の意思などまったく無視されるのだな、と父に支配されていることが悔しくて、悲しくて、しばらく無気力になってしまった。

だが、いま、金君のこの一件を思い返して気づくのは、別のことだ。

民主化前の一九八五年当時、旅行の自由化もまだで、特別な枠で来日し、スピーチコンテストに参加した学生は、韓国政府から「在日コリアンと接してはいけない」と言われていたに違いない。だから、警戒して私と話さない学生もいたのだ。民団に所属しているか訊いてきたのだ。

一九八〇年代まで、在日コリアンは北のスパイの可能性が高いと疑われた。韓国に留学した在日コリアンが、スパイの容疑で捕まり、刑務所に送られたという事実もある。学園浸透スパイ団事件（一九七五年）などは有名だ。のちに無実となったが、在日コリアン社会において、その傷痕は深く残っている。

民主化後も保守政権のときは、来日する人たちにそうした注意喚起がつい最近まであったと聞いたことがあるくらいだから、当時はなおさらだろう。このように韓国から日本に来る人たちは、在日コリアンを警戒することが少なからずあるのだ。

この事実を知って、私は、理不尽で歯嚙みしたくなる。こちらがいくら祖国だと思っても、同胞だと思っても、向こうは色眼鏡で見るなんて。

あのとき、父が韓国から来た大学生との食事を承諾するのに躊躇《ちゅうちょ》したのは、反政府活動をかつてしていて、その後も監視対象だった自分と接したら、学生に被害が及ぶのではないかと考えたのだろう。娘の韓国人への同胞意識の目覚めが嬉しくて願いを受け入れ、また、学生を労《ねぎら》いたい思いもあって焼肉店で食事はしたものの、それ以上のかかわりは避けるべきだと思ったのではないだろうか。

あるいは、もっとうがった目で見ることも可能だ。金君の手紙は、第三者のなんらかの意図があったのではないかとも父は考えたのかもしれない。安全企画部からの差し金とか……。そこまで考えるのは、韓国映画やドラマの観過ぎだろうか。

金君の手紙は、裏などないと思いたい。だって、彼の純粋そうな瞳は、私の脳裏にしっかりと焼き付いているのだから。

金君との出会いをほろ苦くも大切な思い出としておきたい。

焼肉、の話を進める。

私が社会人だった一九九〇年代初め、焼肉はずいぶんとポピュラーになっていた。「焼肉を食べているカップルはもう関係がある」などというくだらない言説まで登場した。私も、会社の同僚たちと焼肉店に行くことが珍しくなかった。ホルモンも一般的となって、店も増えていって、いまでは、焼肉店も多様だ。

ホルモンといえば、実は私はコムタンに入っているハチノスといわれる、牛の第二胃袋にあたる部位以外、ホルモンが苦手でめったに食べなかったのだが、一昨年、京都の東九条で食べたホルモン焼きは格別に美味しくて、肉も酒もおおいにすすんだ。それ以来、東九条でホルモンを食べることが、京都へ行くときの楽しみのひとつになっている。

東九条や大阪・鶴橋のような在日コリアンの集住地域にはとびきりの焼肉店があるし、在日コリアンが営む焼肉店はいまでも各地で多いが、もはや、焼肉店といえば在日、といった時代は遠い日のことになりつつある。

子どもたちが育ち盛りのころは、手ごろな価格の焼肉チェーン店にお世話になった。息子は留学先のアメリカで牛角に行くのが楽しみのようだったが、牛角などは日本食レストランに分類されるだろう。

サムギョプサルも焼肉とするならば、案外、在日コリアン、ことに「オールドカマー」（章末注）と呼ばれる人たちにとって、豚の三枚肉を焼くサムギョプサルは、最近まで馴染みのないものだった。私もサムギョプサルは、ママ友に連れられて行った新大久保で、二〇〇〇年代の終わりころに初めて食べた。一世の父や二世の母にいたっては、これまで食べたことすらない。

私は、いまでは好物で、とくに熟成肉のサムギョプサルが好きだ。そろそろ脂っぽい肉は避けなければならない年齢なので、たまにしか食べないが、とくに韓国に行ったときは外せないメニューだ。

日本では焼肉店というより、韓国料理店という名がふさわしい食堂が多くなってきていて、その人気は衰えていない。そして日本のみならず、世界中で韓国料理は人気が高い。


海外の韓国料理店で思い出すのはグアムの店だ。

家族で行く旅行としては、韓国以外で初めての海外だった。一九八三年、高校二年生の夏のことだ。飛行機を降り、空港でタクシーに乗ったら、三〇歳前後の運転手さんがアジア人で、ブロークンな英語だった。

唯一英語をかたことで話す私がどこの国の人ですかと訊いたら、韓国人だった。グアムに移住して間もないという。父にそのことを告げると、それから父がずっと彼と韓国語で話した。父は彼と意気投合して、レストランをすすめてもらい、そのまま連れていってもらった。

私たち一家は、初めての米国旅行での最初の食事が、韓国料理だった。しかも、韓国人の集住地域のなかの、韓国人しかいない小さな食堂に運転手さんの夫婦と一緒に行くことになってしまった。絶対権力者の父には逆らえなかったのだ。さすが、スーツケースにキムチを入れてこさせた父である。

もう、本当に嫌だ、どこに行っても韓国がつきまとう。

こういう店、いつもの焼肉店と雰囲気が変わらないし、韓国の父の故郷で出てくる料理みたいで、珍しくもない。

本場のハンバーガーが食べたかったのに！

楽しみにしていたのに！

生まれて初めてのアメリカなのに！


私はうんざりし、飛行機や車に酔ったと言って、料理にほとんど口をつけなかった。運転手さんの夫婦はとてもいい人たちで、気を使って私に英語で話しかけてくれたが、父がすぐに遮って韓国語に戻してしまった。非常に苦い思い出だ。

けれどもそんな私も数年前にアメリカのフロリダ州の地方都市に娘と行った際、空港から乗ったウーバー（配車サービス）の運転手さんがコリアンだったことで意気投合し、コリアンレストランを教えてもらい、そこに真っ先に行ったというような、父と変わらない行動をしている。血は争えないものだとしみじみ思う。

とはいえ、四〇年近く経つと時代は変わり、子どもの方の反応がまったく異なる。娘はコリアンレストランに行くのをむしろ喜んでいたし、在米コリアン二世の若者の運転手さんとも英語で楽しく会話していた。レストランでは満足そうにジャージャー麵を食べた。

とくにコリアンの集住地域でもなく、地元の人が行き交う町の一角にある店には、アメリカ人のお客さんがいた。近くには、韓国系のスーパーがあり、韓国の食材がびっしりと並ぶ。スーパーの隣には韓国風のカフェまであり、パッピンス（かき氷）が食べられる。


魚が好きだった父が、不思議なことに、年老いてからは肉を欲するようになった。ものごとを忘れっぽくなってきたころに、父は毎日スーパーに行って大量にロースやカルビ肉を買ってきて、私にも分けてくれた。冷凍してあったものにあたってお腹をこわし、えらい思いをしたこともある。

介護付きマンションに移った今は足も悪くなり、父による肉の大量買いはなくなったが、父の肉好きは続いている。


九十二歳の父と八十六歳の母を、二ヶ月に一回くらいの割合で焼肉店に連れていく。いまだにふたりとも焼肉を食べたいというのが、元気な証拠でなによりだと思う。

食卓での話題は昔の話だ。最近の記憶は危ういが、ふたりとも、だいぶ過去のことは、かえって覚えているので、私は両親に会うたびに、若いころの話を聞くようにしている。
先日父に金君のことを尋ねてみたら、覚えていなかった。とても残念だ。

『1987、ある闘いの真実』（二〇一七年、チャン・ジュナン監督）という、民主化闘争を描いた韓国映画を観ると、金君のことを思い出す。

そして、映画を観終えると、身の置きどころがないような気持ちになる。韓国で私と同世代の学生たちが闘っていたとき、私はバブル真っさかりの日本で、なにをのうのうと、自分のことだけを考えて暮らしていたのかと、やましさにさいなまれる。

私が延世大学二年の金君と出会ったのは、一九八五年。

その二年後、金君は延世大学の正門前で李《イ》韓《ハ》烈《ニョル》君が催涙弾に当たったとき（章末注）、どこでなにをしていたのだろうか。徴兵され、軍役に就いていただろうか。

あれから四〇年近くが過ぎ、金君はいまどんな人になっているのだろう。小説の世界ならば、私と金君はふたたび出会えるはずだ。果たして、いかなる物語が紡がれるだろうか。

向かい合って肉を焼きながら、お酒を酌み交わし、それぞれの生きてきた軌跡を語り合う、っていうのは、平凡すぎるだろうか。

オールドカマー　在日コリアン社会では大きく分けて、敗戦前からの日本居住者、そしてその子孫のことを「オールドカマー」、戦後、ことに一九八〇年代以降に渡日した韓国人を「ニューカマー」と言います。オールドカマーのほとんどは「特別永住者」の資格を持っているか、日本国籍を取得した人で「在日韓国人」、「在日朝鮮人」、「在日コリアン」と呼ばれます。

李韓烈　一九六六－八七年。延世大学在学中、八七年に起きた朴鍾哲《パクジョンチョル》（一九六六－八七年）拷問致死事件に抗議し、同年六月の糾弾集会に出たところ、警察が発砲した催涙弾を後頭部に受けて約一ヶ月後の七月五日に死亡。執り行われた国民葬には全土で一六〇万人が参列した。映画『1987、ある闘いの真実』ではカン・ドンウォンが彼の役を演じた。

第八話

ゆで豚《ポッサム》を前に

私には、歳の離れた妹がふたりいる。
上の妹とは八歳、下の妹とは十三歳も違う。中学に入学した年に下の妹が生まれ、私は「三姉妹の長女」になった。これだけ歳が違うと、喧嘩をすることなど、ありえなかった。もし喧嘩をしたら、小さな子相手にまったく、となるのは必至だったし、実際、妹たちと争うような動機もなかった。

妹ふたりが幼かったころは、世話をする、という場面が多かった。とくに下の妹は、母が高齢で産んだので、私がミニお母さんのような役割を果たしていたといえよう。

妹たちは、私にとって、かわいがる対象でもあった。
上の妹には、人形のように、母の留守中に洋服をとっかえひっかえして着せてみたり、母の化粧品を拝借して三面鏡の前でメイクをしたりして遊んでいた。嫌がることもなく、妹も、たぶん楽しんでいたと思う。

妹は母のワンピースを着て、ジュディ・オングの「魅せられて」（一九七九年）を得意げに披露していた。このころには我が家にテレビが復活して、毎週『ザ・ベストテン』（ＴＢＳ系）という音楽番組を観ることができていたので、その影響だ。


少し大きくなるとコスプレを嫌がったので、その遊びはやめたが、彼女らの世話は続いた。風呂に入れたりなどの細かいことだけでなく、十三歳下の妹にいたっては、大学一年のときに、毎朝幼稚園に送っていったり、母の苦手な裁縫やアイロンがけをしたりして彼女の幼稚園生活を支えた。

幼稚園バッグに施した刺繍はキャラクターもので、あれはなかなかいい出来だった。私は案外針仕事が好きだったし、手作りも楽しんだ。

母が「この刺繍は、姉がした」と自慢していたこともあって、妹の幼稚園ママたちに、「えらいわねー」「いいお姉さんがいて羨ましい」と声をかけられることが、まんざらでもなかった。なにより母に認められることも、私にとっては重要なことだった。


のちに自分の子どもたちの手作りものも頑張ってやったが、それでも離婚後働き始めたうえにワンオペ育児の私には作りきれなくて、業者や友人に頼んだりしたことがあった。仕方がなかったとはいえ、後ろめたさは拭えなかった。

しかし、果たして、後ろめたく思う必要などあったのだろうか。いまだに親の手作り品や手作業を強要する幼稚園や小学校がけっこうあるらしいが、あのシステムはやめるべきだと思う。同様に、手をかけたお弁当ばかりを評価する風潮もあまりよろしくないのではないか。もちろん、早朝からお弁当を作ることは大変だし、その労力は褒められるべきことだとは思うし、それが苦にならない人もいるだろうが、手作りをできない人が愛情不足だというわけではないのだから。物理的にできないだけでなく、料理が得意でない人もいる。

私も、長い間、朝五時前に起きてお弁当を作り、子どもたちに持たせるといった生活をしていたが、本当に辛かった。冷凍食品を入れたことで、ママ友から嫌味を言われたこともある。

できるだけ家事や育児の負担を軽くするという方向に社会の空気が変わってほしい。

話がそれた。

妹たちは、私によく手紙をくれたり、絵を描いてくれたりした。一時期、片づけにはまって、潔くものを捨てた私も、妹たちからもらったものは、いくつか大事にとってある。もちろん、自分の子どもたちからのものも厳選して残してある。

それらを眺めるのを老後の楽しみにしたい。

下の妹が小学校低学年になると、『ちびまる子ちゃん』の漫画を貸してくれるようになり、私は妹から本を借りる、ということがすごく嬉しかった。これまでは世話をする一方だったのが、双方向の気持ちの行き交いを感じたのだ。ストレートに好意を示してくれる幼い妹たちが愛おしくてたまらなかった。

このように書くと、立派なお姉ちゃん、ということになるし、実際、そうであったと思う。妹の幼稚園ママのなかには、「あなたはシスターになったらいいんじゃないかしら」とまで言う人がいたくらいだ。

そして一瞬だが、私は「シスターになるのも悪くないかも」と思ったことがある。究極の奉仕、神に仕えるって素敵じゃないかと。神に仕えたら、これまでの私のさまざまな罪や性格の悪さも、許されるのではないかと。

しかし、私が当時、根っから犠牲と奉仕を最上の喜びとしていたかといえば、もちろん、そうではない。私としては、いいお姉ちゃんでいるしか、選択肢はなかったのだ。そして、妹たちから好かれている、求められている、ということが心の支えでもあったのだ。

こうして私は、誰かの世話をして好かれたい、という考えが強く身に付いていく。世話ならまだいいが、尽くす、ということに意義を見出《みいだ》してしまうようになった。これが、のちに男性との交際にも負の面をもたらすのだ。

犠牲と奉仕をよしとするのは、母の思考と重なっている。母も、誰かの世話をすること、尽くすことが、生きがいで、八十六歳になったいまも、九十二歳の父をこまやかに世話している。長い間、老人ホームや児童館でのボランティアをしていた。母は熱心なカトリック信者だが、母とカトリックの信仰は親和性がある。

さて、ゆで豚がなかなか出てこないが、もうちょっとだけお付き合いいただきたい。

少し時間をさかのぼる。

中学受験を終えて、晴れてセーラー服を着るようになった。真新しい制服とともに、すべてをリセットしようという思いは、前に述べたように、親友へのひどい仕打ちとなって表れた。それだけでなく、学校生活においても、新しい友人を得ることに必死だったが、うまく友達と接することができなかった私がとったのは、媚《こ》びる、尽くす、という行為だった。

たとえば、席が近くなり話すようになった子に、好かれたくて、別に誕生日というわけでもないのにプレゼント攻勢をかけるというような迷走をした。たいしたお小遣いをもらっていなかったので、母の財布から紙幣をくすねて彼女が好きなミュージシャンのＬＰレコードを買って贈った。しかし、結局その子とはあまり親しくなれなかったうえに、盗難がばれて、母から嘆かれ、父からこっぴどく叱られ手をあげられた。

もう、最低だ。

私は、根性の悪さが直っていなかったのだ。

自分が一番、自分のことが嫌だった。そして私は深く反省した。

挽回をはかって、こんどは、模範的なカトリック信者になるべく、教会のミサにきちんと通い、学校のカトリック信者の生徒向けの「教え」の課外クラスにも熱心に参加した。

善良な人間になりたい、という気持ちは私の中で肥大していた。そう見られたい、というだけでなく、本当に善良になりたい、と思っていた。そうならなければ、このままでは、地獄に落ちると信じていた。

ハイソな生徒たちには戸惑ったけれど、私の入学した私立学校の、カトリックの精神が基になった道徳的、倫理的価値観は、私の心の隙間を埋めて、生きる上での軸を与えてくれた。

「教え」の課外クラス担当のシスターを尊敬した。シスターの言うように、つねに弱きものに寄り添いたいと思うようになった。

在日コリアンという出自だったこともあって、差別、ということに敏感だった私は、小学校のころにアンネ・フランクの『アンネの日記』の読書感想文を書いたり、夏休みの自由研究でナチスのホロコーストについて調べたりしていた。

そして、差別される人、社会的に弱い立場にいる人たちについて書かれた書籍を積極的に読んでいた。題名は忘れたが、朝日新聞が子ども向けに出した書籍で知った部落問題や障害者差別の現実に衝撃を受け、強い関心を持っていた。

だから、英語を教えてくれたシスターが授業の始まりに必ず、世界の貧しい人たち、困っている人たち、弱き人たちのために祈りましょう、と手を合わせることに感動した。

また、乳児院にクリスマスプレゼントを届ける役回りをクラスで募《つの》ったときも、期末テスト前にもかかわらず、率先して手をあげた。自分も預けられたことがあるからぜひ行きたいと思って、乳児院を訪ねた。

けれども、そこにいたのは、暴れる子どもたちだった。私にとって幼い子どものサンプルは妹たちだったので、比較的おとなしかったふたりとはまったく異なるギャングたちに驚いた。ある五歳児は、おもちゃの自動車をぶんぶん振り回して投げていた。幸い誰にも当たらなかったが、想像していた「かわいそうな、けなげな子どもたち」とは程遠かった。

いまなら、あの子たちが理解できる。たぶん、見知らぬお姉さんたちの来訪に興奮してしまったのだ。気を引きたかったのもあるだろう。

私も、授業参観を兼ねたお楽しみ会が小学校であったとき、母子のドッジボール大会で、大声で叫びまわり、騒いだことがあった。まわりの人たちが唖然《あぜん》として自分を見ていたのを覚えている。

姉の死後それほど経っておらず、母は姉が通っていた小学校に来られるような心境ではなく、その場にいなかった。寂しかった私は、誰かの気を引きたかったに違いない。

そもそも、乳児院にいた子どもたちを、かわいそうな、けなげな子たちと思い込んでいることが誤っているのだが、当時はそんなことには気づけず、私は、乳児院の子どもたちの姿にひたすら落胆したのだった。幼かったとはいえ、傲慢だった。

だが、中学生の私は、まだまだ純粋で、『24時間テレビ』（日本テレビ系）に映った障害者の生きざまに感動して涙を流し、近くのコンビニに募金をしに走っていくようなことをしていた。

それでもしだいに、友達付き合い、卓球部のクラブ活動、それなりの勉強、欧米のミュージックシーンを追うことなど、つまりは日々の生活に忙しくなって、信仰を深めることと善良になることへの歩みは滞っていく。

さらに、韓国人であることに悩み、友達からアウティングされたうえに仲間外れに遭うということもあった。あまりにもショックで、自殺しようかと思いつめたぐらいだ。弱い立場の人たちのことよりも、自分のことに精一杯だった。

そして実際に、中学三年生のとき、自殺未遂を起こした。

テレビドラマや読んだ物語から、睡眠薬を多量に服用すれば死ねると知っていたが、家になかったので、代わりに胃腸薬をひと瓶飲んだのだった。当然ながら死ぬことはなく、激しい嘔吐をしただけのまぬけな結果となった。幸い、両親にも知られることはなかった。

その後は「善良になったって、結局は韓国人だと嫌われるじゃないか」と投げやりになっていた。勉強もおろそかに、部活も不まじめに、妹たちの面倒もおっくうになっていた。妹の習い事の発表会に行かなかったことで、母から責められても、開き直っていた。

高校一年生になると、なにもかもがうんざり、といった気持ちで日々を過ごしていたうえに、体重が増え続けていて、容姿のコンプレックスも最大にふくれあがっていた。

そのころ、三歳になった下の妹をはじめて連れて、夏休みに父の故郷に行った。日本では在日コリアンであることの葛藤は大きかったが、韓国に行ったら行ったで、いつもお客さん扱いで、そして日本人として見られることも多くて、さらに自分もいまひとつ韓国を祖国とは思えず、居心地が悪い。

アイデンティティは、自分の国に帰ってさらにさまよってしまっていた。本当は、韓国に行きたくなかったが、逆らうようなまねはとうていできない独裁政権は、韓国だけでなく、我が家でも同様だった。

私たち家族が故郷に行くと、親族のもてなしが次々に続く。歓迎する気持ちがくみ取れてそれはそれで嬉しいと同時に、言葉がわからずにそこにいるしんどさもあった。

父がいると、会話はほぼ韓国語になった。私たち子どもに気遣うような空気はなかった。日本語のできるおじやおばがいればときには日本語で話しかけてくれたが、家父長制色濃い一九八〇年代の韓国慶尚南道の田舎町では、子どもはひたすら忍耐だ。ぶすっとしていると母に叱られるので、表情にも気を使う。

父は九人きょうだいで、そのうち半分くらいが故郷に残っていた。それぞれが結婚していて、私には、覚えきれないくらいのいとこがいて、そのうちのひとりが、家に招待してくれた。

おじやおば、いとこたちの家で食事をごちそうになったのは、何度もあったが、あまり詳しく覚えていない場合が多い。けれども、このいとこの家に行ったことは、情景が頭に浮かぶくらい、鮮明に覚えている。そのとき両親はほかの家に呼ばれていて、私は妹ふたりとともに、いとこの家に行った。

いとこは成人した男性で、結婚して間もないと聞いていたから、「新婚カップル」ということに興味があった。イチャイチャしている様子が見られるのか、いや、親族の前だとそんなことはないかな、でも、親たちはいないし、と高校生の想像力を駆使し、珍しくわくわくしていた。

行ってみると、いとこは、脳性麻痺《まひ》を患っていて、連れ合いの方も同様だった。まったく知らなくて驚いたけれど、感情を表に出してはいけないと戒め、ポーカーフェイスでいるように努めた。

私は、脳性麻痺の人に会ったのは初めてだった。家に通されて、食卓を囲んだが、言葉も通じない。なにより、どういう態度で接するのがのぞましいのかもわからない。

日本から来た私たちをもてなそうと、いとこ夫婦は、食卓にこぼれんばかりの料理を並べてくれていた。ちょうど私の目の前には、ゆでた豚が皿に山盛りになっていた。

私は、食べることと妹たちの世話をすることに専念することにした。それ以上太るのが嫌で、食べることに恐怖すら抱いていた当時の私だったが、食べることに逃げるしか、その場を切り抜けることを思いつかなかった。

八歳の妹を隣に、三歳の妹を膝の上に抱《いだ》き、ひたすら皿にゆで豚をとって、口にしていった。八歳の妹の皿にも置いていく。三歳の妹には、小さくちぎって口に入れてやった。

みっしりと肉厚のゆで豚は適度に水分もあって美味しくて、調味料をつけなくても抵抗なく食べられた。私たち三姉妹は、ゆで豚をずっと食べ続けていた。おそらく果物なんかもあったと思うが、ゆで豚を大量に食べたことしか覚えていない。

その日の晩、三歳の妹が夜中に下痢と嘔吐をもよおし、大変なことになってしまった。

私は、罰が当たったのだと思った。そして、猛省した。妹に無理をさせてしまったことが悔やまれ、もてなしてくれたいとこに対しても申し訳ない気持ちでいっぱいだった。

私にとって、つまりは、障害のある人は他者であり、あわれむ対象であったのだろう。いとことという身近な存在だったことに戸惑ったのだ。まったく、あわれむなんてどれだけ上から目線だったのか。

それからの私はさぼりがちだった教会のミサにもふたたびしっかり通うようになり、学校では、信者の生徒たちの行く「宗教合宿」といったものにまで参加するようになった。そして、妹たちのことも、もっと気にかけようと心に誓った。がんで入院していた母方の祖父の病院にもまめに看病に行くようにした。

私はつねに、自分が偽善者なのでは、という疑いを拭うことができない。なぜなら、善良になりたい動機は、私の場合、そうあることで人に好かれたい、よく見られたい、地獄に行きたくない、というきわめてエゴイスティックなものであり、親切にしたり慮《おもんぱか》ったりする対象に純粋に心を寄せているわけではないような気がしてしまうからだ。

ふと、このように客観的になってしまう瞬間は、自分という存在が張りぼての偽物ではないかと、嫌になってしまう。

生まれてすぐに洗礼を受けた、いわゆる幼児洗礼の私は、カトリックの教義とともに生きてきた。その結果、毎晩寝る前の祈りの時間にその日の出来事を思い返して反省する癖がついている。

また、復活祭やクリスマスの前に罪を悔い改める告解（ざんげ）をする。だから内省をする習性が身に付いている。そして、罪を犯した人、悔い改めない人は天国に行かれず、地獄に行くという考えが染み付いている。


いまは、偽善であれ、露悪よりはよっぽどいいのでは、と思えるようにはなった。結果として善であることが大事なのではないか、と。こうなるまでは、長い時間がかかったが、善良であることを斜めに見て、冷笑する空気が色濃い昨今は、ますますそう思うようになった。

さまざまな気持ちの変遷があって、カトリックの信仰からは離れているが、私はいまでも、善良でありたいし、一歩進んで、自分の生きる社会が、善き、良きものであってほしいと願っている。できるかぎりで、その一助にもなりたい。


ゆで豚は、いとこの家で食べてから、長らく口にすることはなかった。そもそもあまり豚肉を食べない家庭だったのもあって、我が家の食卓では、お目にかかったことがなかった。婚家でも見なかった。

だから、ゆで豚にふたたび出会ったのは、二〇一〇年代の韓国料理店だった。ゆで豚は、ポッサムという名前の料理だともそこで知った。そして、しばらくぶりに食べたゆで豚は本当に美味しかった。それ以来、韓国料理店のメニューに見つけると、つい頼んでしまう。以前、韓国の媒体にインタビューを受けたとき、韓国料理ではなにが好きですか、と訊かれ、ポッサムと答えたこともある。

火を通して甘みが増した白菜に茹でた豚肉のスライスをのせ、小魚の塩辛（アミ）とみそをつけ、キムチを重ねて、白菜で包む。大口を開けてほおばると、思わず、んーっと声が漏れる。

ポッサムは祝いの席やおもてなしの席によく出てくるメニューである。『李の花は散っても』の取材で、李方子と親しかったソウル在住の金順姫《キムスニ》さんに何度かお話をうかがった。

金さんは、私が訪ねて行くと、いつも大歓迎でもてなしてくれて、ソウル市内の李方子ゆかりのホテルのレストランや、金さん自身が気に入っている飲食店に連れていってごちそうしてくれた。取材しているのはこちらなのに、恐縮してしまうくらいだった。

若者に人気だという南山《ナムサン》のポッサムの店で、牛肉のポッサム、鴨肉のポッサム、そして豚肉のポッサムをごちそうになったこともある。

金さんはみずから白菜に肉を巻いて、私の口まで持ってきてくれた。幼いころ母の実家に預けられていたとき、祖母がよく私の口までスプーンを持ってきて食べるように促したことを思い出した。

ポッサムの味が秀逸だったのもさることながら、金さんの気持ちが嬉しくて、涙がこみあげてきた。「あなた、なんで泣いているの」と金さんは笑っていた。そんな金順姫さんは、二〇二三年四月の刊行を待たずに亡くなってしまった。

私は、けっして立派な人間ではない。それでも、ポッサムを見るたび食べるたび、善き人でありたいと思い続けるだろう。

第九話

ベーグルにクリームチーズたっぷりで

二〇二三年四月にソウルに行った際、いま韓国ではどんなスイーツや食事がはやっているのかと興味津々で景福宮《キョンボックン》に近い三清洞《サムチョンドン》を散策していると、ベーグルの専門店があり、入店を待つ長い列ができていた。

三清洞は、若い世代も多く、韓国のファッションや食のトレンドがなんとなくつかめる場所だ。東京で言うと、表参道や青山あたりを想像していただければ近い感じだ。

ベーグルの店に並んで入ろうと思ったら、韓国の電話番号がないと順番待ちができないとのことだったので、店内で食べるのは諦めて、持ち帰りで買っていくことにした。テイクアウトは、それほど待たずにすんだのだ。

店内には、生クリームがのっていたり、チョコレートコーティングを施されていたりする、装飾の美しいベーグルが豊富に展開されていた。私のイメージしていたシンプルな形のベーグルや、サンドイッチになっているものもあったが、彩《いろど》りも華やかなベーグルの数々は、もはや、これらはベーグルと呼べるのだろうか、との疑問も抱かせる。日本のベーグル店でも、同じように感じることがある。

そういうアレンジも悪くない。食べ物がオリジナルを超えて独自に進化するのは、好ましいことだ。食が豊かになるってことだ。

だから、私は、韓国で食べるトンカス（とんかつ）も、アメリカの日本食レストランで遭遇したタキビ焼き（炉端焼きのこと）も、カリフォルニアロールも、沖縄に行くたびに食べるスパムおにぎりも素晴らしいと思う。

長年馴染んできた在日料理にいたっては、韓国在住の韓国人からしたら不思議に見えるものもあるだろうが、かえってそれが愛おしくてたまらない。

食の原理主義は、偏狭なナショナリズムにもつながるし、そもそも、食べ物に国籍や国境などないのではないか。

そんなことをひとりごちつつ、甘い味のベーグルに手が伸びそうになるのを、カロリー、カロリー、と自分に言い聞かせる。私は、代謝が悪くなっている年齢を考慮して、シナモンとレーズンが練り込まれた、比較的地味めの、オリジナルに近いベーグルを買った。

そして、併売されているあまたのクリームチーズのなかから、これまたなんの変哲もないクリームチーズを選んだ。本当は、メープルシロップやチョコレート、きなこや抹茶の入ったものも魅力的だったのだが、こちらも胃もたれを危惧して、ぐっと我慢した。とはいえ、装飾のないシンプルなベーグルもつやつやとしていて、クリームチーズと合わせたら実に美味しそうである。

明日の朝食が楽しみだと、うきうきした心持ちになってくる。

店内はインスタ映え確実のしゃれたインテリアで、煉瓦の壁に、英語の文字があふれていた。色彩豊かなトッピングのベーグルを前に、カップルや女性同士が満面の笑みで写真を撮っている。幸せな空気が満ちあふれる心地のいい空間だった。

次回の訪韓時にまた来てみて、イートインしてみたいと思ったが、なにしろ韓国の流行はあっという間に移り、店も数年で替わることが多いので、ふたたびソウルに来たときにこの店があるかどうかは不安だ。私は、なるべく早く再訪韓しようと誓った。

食い意地というのは、人のフットワークを軽くする。

ベーグルは北米の東海岸で好まれてよく食べるもの、東欧系ユダヤ人が移住して広めたというくらいの知識しかなかったので、Wikipedia で調べてみた。抜粋を記してみる。

「小麦粉の生地をひも状にのばし、両端を合わせて輪の形にして発酵させ、茹《ゆ》でた後にオーブンで焼いて作られる。（中略）特性としては、通常パンの原料として使用される油脂（バターなど）、卵、牛乳を基本生地に使用していないことから、他の一般的な製法のパンと比べるとカロリーや脂肪分は低くタンパク質は多い」

「ベーグルは一八八〇年代にユダヤ系ポーランド人移民によってニューヨークから広まった。一九二〇年代までは、大規模な東欧系ユダヤ人社会のある都市を除いて、ベーグルはアメリカ合衆国内では珍しいものであったが、二〇世紀最後の二〇年くらいの間に、ベーグルは広く北アメリカで一般的なものになった」

さらにWikipediaによると、日本に入ってきたのは、一九九〇年代の終わりから二〇〇〇年代のはじめにかけてだという。

私が、ベーグルという未知の食べ物に出会ったのは、一九八六年の春、アメリカに語学留学したときだった。つまり、まだ日本では手に入らなかった時期だ。そして、アメリカ全土にベーグルが広がり始めたころでもある。当時、移民の食べ物だったと聞いて、コリアンルーツであり、移民のはしくれとも言えるかもしれない私にとっては、なにか、親しみを覚えるものであった。

だが、なにより、クリームチーズをたっぷりと塗って食べたベーグルは、感激の味だった。そもそも、クリームチーズというものにもお目にかかったことがなかったので、「なんだ、この悪魔のペーストは！」と病みつきになったのだった。

以来、私は、クリームチーズに目がない。キムチとも合わせてみたり、辛ラーメンに放り込んだり、生ハムで巻いたり、そのまま口にしたりする。つねに冷蔵庫にある食品のひとつだ。ベーグルが好きなのは、クリームチーズという存在があってこそ、とも言える。


さて、私が語学留学をしたのは、大学一年を終えた春休みだった。西海岸、サンフランシスコ近郊のオークランドの街にある、ミルズ・カレッジというカトリックの女子大の、ＥＣＩＷ（English Center For International Women）で三ヶ月ほど学んだ。

厳格な両親が留学をかろうじて許してくれたのは、カトリックの女子大付属の語学学校だったからだ。


中学生になると、欧米の音楽に夢中となり、影響を受けやすかった私は、当然のようにアメリカ文化が大好きになり、それはしばらく続き、大学生になってもアメリカ志向が強かった。部屋にバドワイザーの空き缶を並べたり、コカ・コーラのポスターを張ったり（資本主義に染まりすぎ！）、星条旗が表紙にデザインされたノートをソニープラザ（いまはＰＬＡＺＡと名称変更）で買い嬉々として使ったり、ラジオをＦＥＮ（Far East Network アメリカ基地の軍人向けの放送局）にチューニングして聴いていたりしていた。

ハリウッド作品のみならず、アメリカの映画が公開されると、ひとりでも観に行った。バービー人形が好きで、ベティーちゃんのグッズも集めていた。つまりは、いわゆる、アメリカかぶれだった。

たぶん、いまの中学生や高校生が、Ｋ‐ＰＯＰを好み、韓国のカルチャーに憧れたりするのも、同じような感じなのかもしれない。それともインターネットやＳＮＳで情報が入手しやすいから、憧れとまではいかず、もっと身近な親しみだろうか。

とにかく私にとって、アメリカは、情報もいまほど簡単には入ってこず、一ドルが二百円台半ばだったぐらいドル高だったというのもあって、物理的にも心理的にも遠いからこそ憧憬のまなざしが強くなったのだろう。

「本場のアメリカに留学したい！」と熱望していた私は、二〇歳（成人）の祝いなどいらないので、留学をさせてほしいと両親に懇願した。

そもそも、まわりの友人たちが、成人式のために振袖を買うだの、母親のものを着るだのと聞くたびに、心が沈んでいた。私は振袖も着られないし、韓国籍だからどうせ区の成人式にも呼ばれないのだ、とくさってもいた。当時は韓国籍などの外国人には住民票がなかったので、行政主催の成人式の案内は来なかった。

かといって、チマチョゴリをあつらえて写真を撮るのが当然と言い放つ両親に対しても反発が強かった。日本でも韓国でもない、ましてや大好きなアメリカに行くのは、我ながらいいアイデアではないかと思ったのだ。

英語を学ぶ、という大義名分があったおかげと、カトリックの女子大の寮に入る、ということで、両親の許可を思いのほかすんなりともらえた私は、一九八六年の早春、成田空港からサンフランシスコに向けて、生まれて初めて単身で旅立ったのだった。

ここからは、日記を参照しながら続けたいと思う。

当時の私は、ほぼ毎日、日記を記していて、留学中は大判のノートにびっしりと毎日の出来事をことこまかに書いていた。

いま、ページをめくって読むと、自意識の過剰さと、自己肯定感の低さと、体重の増減について（つまりは太る、太らないについて）、さらには強烈なルッキズムとあまりの恋愛至上主義的価値観に染まっていることがつらつらと書かれている。

「いや、ちょっとこれは」と十九歳の自分にいろいろとツッコミを入れたくなるが、いったん、そこは無視して、話を進めよう。

往路はサンフランシスコまでの直行便のはずだったのだが、なんらかのトラブルによりロサンゼルスで降ろされ、途方に暮れてしまった。サンフランシスコまで行く国内便にふりかえるため飛行機会社のカウンターに行ったが、社員が話す英語が速すぎてちんぷんかんぷんで、泣きそうになった。

それを見たひとりの社員が、私のパスポートが韓国のパスポートだということで、韓国語のわかる社員（おそらくコリア系アメリカ人）を呼んでくれたが、私は韓国語もまったくわからない。

片言の英語で、日本に住んでいて、日本語しかわからない、と説明しても、要領を得ない。しまいには、韓国人なのに、なんで韓国語がわからないのかと、ゆっくりとした英語の詰問調（と感じただけかもしれないが）で言われた。弱り目にたたり目とはこういうことを言うのだろう。

とうとう私はロサンゼルスの空港で、大粒の涙を流して泣き出してしまった。

すると、たまたまカウンターにいた、日本の旅行会社のツアーガイドの人が、私に話しかけてくれた。ひっくひっくと泣き声交じりで事情を日本語で説明したら、その人が流暢な英語でカウンターの人にかけあい、私の手続きを助けてくれた。

三〇歳前後の男性だった。こちらがお礼をほとんど言う間もなく、彼は急いで立ち去ってしまったが、本当にありがたかった。風貌は覚えていないが、私にとって、あの人は、生涯忘れられないイケてるひとである。

到着したサンフランシスコ空港から乗ったタクシー運転手さんも親切だった。ガイドブックにタクシーに注意と書かれていたので、ぼられるかとびくびくしていたのだ。

そんなこんなでなんとかオークランドのミルズ・カレッジに到着した。

寮は、ミルズ・カレッジの学部生や院生と一緒で、私の隣の部屋は、台湾からの留学生だった。挨拶だけで話はしなかったが、笑顔だったので、ほっとした。

しかし、そこは、日本の家屋と違い間接照明しかなく、おまけに古い建物で、ひとり部屋で荷物を解いていると、どんよりと暗くてむしょうに心細くなってきた。

シャワーでも浴びて気持ちを切りかえようとバスルームに行くと、男性がシャワー室から素っ裸で出てきてぎょっとした。

ここは、女子大ではなかったのか？

なぜ男性が？

その後すぐにタオル一枚を巻いたきりの女性も出てきた。
あとから、寮への男性の出入りがとくに禁じられていないことや、学内の寮には、男女混合の寮もあり、近くにあるカリフォルニア大学バークレー校（UCバークレー）の学生も住んでいると聞いて、かなり驚いた。
男女交際を禁じていた私の両親が、女子大だから安心と思っていたことが滑稽に思えた。ミルズとバークレーのあいだには毎日シャトルバスが行き来していたのだ。

シャワーを終えて部屋に戻り、日記を書き始めたら、ノックがあった。
もしかして、さっき会った隣の部屋の台湾人だろうかとドアを開けると、同世代くらいの色白のアジア人の女の子が笑みを浮かべて立っていて、私の手を握り、勢いのある韓国語で話しかけてきた。なにを言っているかまったくわからないが、相手が興奮気味なのは伝わってきた。

私は、圧倒されつつも、話が途切れたタイミングで、おそるおそる英語で、「韓国語がしゃべれない。日本に住んでいるから」と言った。すると、彼女の顔色がさっと変わって、振り切るように手を離すと、踵《きびす》を返して行ってしまった。

その日の夜は、フライトの疲れがあったにもかかわらず、時差ボケに加えて、ロサンゼルス空港での出来事や部屋に訪ねてきた韓国人の女の子のことが頭から離れず、ほとんど眠れなかった。

翌日、ＥＣＩＷの登録をした。

ここでは、移民してきた女性や難民女性への英語教育を州から依頼されて請け負っていたので、中南米や中東などの出身のさまざまな年齢層の女性たちがいた。だが、なんといっても多数派は日本人だった。現在アメリカの語学学校や大学では、中国人留学生が多く、日本人は少ないが、当時は、どこに行っても日本人がごろごろといた。

私は、日本人の学生たちと話せて、心からほっとした。ミルズ・カレッジに進学希望の人もいたし、結婚前に念願の留学に来た人もいた。

また、台湾ルーツだが日本国籍を持っているという人もいた。彼女は大学院を受けると言っていた。日本のパスポートだが、名前は中国式で、その事実に、私は驚いた。日本国籍なのに、日本っぽい名前じゃなくていいのか？と。

するとﾞ、彼女は、台湾のルーツは大事にしているが、政情が不安定だから、家族全員で日本国籍をとった、と答えた。そして、彼女の妹が宝塚音楽学校にいることも教えてくれた。将来の芸能活動の便宜上、日本国籍がいいのではという判断もあったという。

少し年上のその彼女とは、留学中、在日、という同じ立場で通じる感情もあって、親しく付き合った。彼女は世間知らずの私にいろんなことを教えてくれた。

私は、自然と日本人（厳密に言うと日本のパスポートを持つ人たち）とつるむようになった。ほかの日本人の学生たちは同じ寮で、私だけ違う寮だったのは、韓国のパスポートだからだったらしいが、スタッフに頼んで、寮も日本人の学生たちと一緒にしてもらった。

彼女たちは、在日コリアンである私の事情に踏みこんでくることもなく、一緒にいて楽だった。

前の晩に私の部屋を訪ねた女の子は、大学、大学院、ＥＣＩＷを通じて学内でたったひとりの韓国人で、以前からＥＣＩＷにいる学生だとスタッフが教えてくれた。

「彼女、韓国人が来るのをとても楽しみにしていたのよ。部屋番号を教えたけど、もう話した？」と訊かれ、はい、と小声で答えるしかなかった。

その後、彼女とは、クラスが一緒になったのだが、目も合わせてくれず、避けられていた。一度だけ、勇気を奮い起こし話しかけたのだが、見事なまでに無視された。

あとから、私が在日コリアンだったことにがっかりしたと言っていたと人づてに聞いて、ああ、私は人からがっかりされる存在なのかと落ち込んだ。


ただ、避けられていたのは、がっかりしたからだけではなく、一九八六年、民主化前の韓国人にとって、在日コリアンと接することは禁忌だったのかもしれないと、いまでは理解できる。旅行の自由化もまだだった時代にアメリカに留学が許可されたぐらいだから、彼女は、いいところのお嬢さんで、当然のように全斗煥政権を支持している家柄だったのかもしれないとも思う。政権を支持していなくとも、当時の韓国人が得体のしれない在日コリアンと親しくなろうなんて思わないだろう。

言葉もしゃべれない、日本人と変わらない韓国人だった私なんかと……。

いけない、いけない。自分を卑下するのは、やめておこう。


当時はつねにこんなふうに卑屈にとらえていたが、いまは、私のような韓国語の話せない在日コリアンは、歴史や構造によってそうならざるを得なかった、あるいは日本に生きていくのが精一杯であったからであって、すべてが個人の問題、つまりは、自己責任とは限らないのだとわかっているのに。

彼女が、在日コリアンのことをよくわかっていなかったということだってある。それも、彼女自身の問題というよりは、その時代の韓国社会の在日コリアンへのまなざしが導いた行動だ。いずれにせよ、韓国語をしゃべれないのが悪い、在日を理解しないのがひどい、という単純な問題ではないのだ。

考えてみると、ミン・ジン・リーさんの『パチンコ』（文春文庫）という小説がベストセラーになり、ドラマがヒットしたことで、ＺＡＩＮＩＣＨＩという単語とその存在が、全米、全世界に知られたことはとても画期的で素晴らしいことだ。当時は、在日コリアン、それなに？という反応ばかりだった。

留学中、学生食堂で出会ったベーグルにすっかり恋した私は、毎朝、クリームチーズをたっぷりと塗って、サーモンやベーコンとともに、ベーグルを食べていた。ある日は、レーズンベーグルを三つも食べたと日記にある。言わずもがな、帰国するころには、体重がどーんと増えていた。

食事はあまり美味しかったという記憶はないが、ベーグルに出会えたことと、しょっちゅうUCバークレーに遊びに行って、キャンパス内でフローズンヨーグルトを食べたことは、忘れられない。

また、いくつか映画も観に行ったことを覚えている。字幕がなくて内容はよくわからなかったけれど、楽しい思い出だ。


そのうち、生活に慣れてくると、余裕ができて、だんだんと日本人以外のクラスメートとも親しくなっていった。増えたのは、体重だけでなく、友人も、である。

レバノン出身の女性や、コロンビアから来た女性、スタッフとして手伝ってくれていたミルズの学部生のラテン系アメリカ人とも仲良くなった。

マジョリティだった白人女性とは、ほとんど接することがなかったことは、「アメリカ留学！」と舞い上がって、白人の友人ができることしか想像していなかった私に、現実を知らしめてくれた。

そして、そのおかげで、自分自身がうっすらと差別的な考え、つまり、白人にあこがれを持っていて、その仲間になりたいと思っていたことにも気づいたのだ。名誉白人的な振る舞いと言えよう。

留学中、誘われてバークレーのアジア系学生主催のダンスパーティに何度か行ったが、帰国直前の日記には、「ダンスパーティなんてどこの国も同じようなもの。根本的にあまり好きじゃない」と書かれている。

そう、バブル真っさかりのディスコ全盛時代だったから、日本でも学生主催のダンスパーティはよくあったが、私は、そんな空気が苦手だった。日記には、「どうせ私はダサくて誰も相手にしてくれないし」とあるが、いやいや、別に、それでいいんだよと、あのころの自分に言ってあげたい。

卑屈なその考え方がよくないよ、と。ダンスパーティなのだから、楽しく踊っているだけでもいいじゃないと。それに、もともとダンスは苦手だったのだから、このツッコミも意味がない。

ダンスパーティは、もちろん、出会いが目的という部分も当時は大きかっただろうが、それにしてもあまりにも男性からの視線を気にしすぎている。とにかく私はかなり暗かったし、ネガティブ思考のかたまりだった。だから日記は痛々しくて、精読は辛いぐらいだ。

そんな私も、アメリカに行ったことで、価値観の多様さに触れて、自分の見識も少しは広がったような気がする。

在米中、レーガン政権はリビアに対して戦争を始め、ＥＣＩＷのクラスではそのことについてディスカッションもした。アメリカは、他国に対して戦争を始める国なのだ、ということに、私は、自分がアメリカに対して良いことばかりを見ようとする色眼鏡を持っていたことに気づいた。

オークランドという場所が、ミルズ・カレッジの門の外を出ると黒人の住む街だったこともあって、貧富の差、人種差別などを、肌で感じたことも大きい。大学では留学生以外の学生や教員は白人が多いのに、学内の清掃の人、市内のタクシー運転手はほぼ黒人だった。黒人は危ない、と堂々と言い放つ教員もいた。

一方、同性愛についての意識などは、ミルズ・カレッジはかなり進んでいたように思う。学内で、女子学生同士が抱き合い、熱烈にキスをしている姿に戸惑ったが、まわりの人が自然にそのことを受け入れているのを見て、認識が変わった。

私はレズビアンに関する授業を大学で聴講させてもらった。ＬＧＢＴＱという言葉は知らなかった（当時は存在しなかった）けれど、中学、高校と女子校であったこともあって、異性愛だけが標準でないこと、感情の自由はある、ということは感覚的には理解していたが、肉体的な接触にはどこか違和感を持っていた。

しかし、難解な授業ながら、聴講したことによって、同性愛について、特別なもの、という意識はなくなった。もっと学びたくて、購買部でレズビアンについて社会学的に分析した本も買った。

だけど、日本に戻ったら、日々の生活に忙しく、いつの間にか本棚の飾りになってしまった。あの本はいまどこにあるのだろう。あらためて読んでみたい。


また、それまで自分が世界一不幸だ、ぐらいに感じていたが、三ヶ月アメリカで寮生活をしてみて、いかに恵まれているかを悟った。難民として命からがら逃げてきたレバノン出身の女性は、子どもを母国に置いてきたと言っていた。

カリフォルニア州だったこともあって、日本人以外のアジア人も多く、サンフランシスコの中華街にもよく行った。国境を越えた人びとはたくさんいる。異国でたくましく生きる人びとに、自分の祖父母や両親の姿が重なった。


チャイナタウンを歩いていると、緊張感がゆるむ。オークランドからサンフランシスコまでのバスに自分たちしかアジア人が乗っていなかったこともあり、同じような風貌のアジア人に紛れるとほっとした。

ああ、私はアジア人なのだな、と楽になった。日本にいるときは通称名で暮らしていたから、パスポートと同じ本名でいることの解放感もかなりあった。

アメリカで得た、この、日本人も中国人も韓国人もアジア人である、という感覚は、在日コリアンということに葛藤していた私には、大きな気づきだった。

日本に戻って、あのベーグルがまた食べたい、と何度か思ったが、いつの間にかベーグルの存在自体を忘れていた。

しかし、それこそ、私が子育て真っ最中に、日本にベーグルが上陸した。私はうきうきした気分で、ベビーカーを押して、近所にできたベーグル店に入って行った。長男が幼稚園に行っているあいだで、まだ二歳に満たない娘と一緒だった。たまたま娘はすやすやと眠っていたし、店はベビーカーの子連れに優しかった。

プレーンベーグルにクリームチーズを塗って口に入れると、ベーグルのほのかな甘みと、チーズの塩味が絶妙だった。

すっかり忘れていたアメリカ留学の日々を思い出して、しばし、物思いにふけった。娘のやすらかな寝顔を眺めて、この子や長男にはアイデンティティに悩むことのない人生を歩んでほしい、そして、「なにじん」ということにこだわらずに生きていける環境を与えたいと思った。

二〇二三年、『エブリシング・エブリウェア・オール・アット・ワンス』という映画を娘と観に行った。

アカデミー作品賞をとったこの中国系移民の家族の物語は、エンタメ色が強いながらも、根底には、母娘の葛藤も描かれている。母娘は永遠に闘うということも、映画のなかで暗示されていたように思った。母娘ふたり暮らしの私たちには身に染みるメッセージだった。

もりだくさんの表象がつめこまれたこの映画に、ユダヤ系移民から広がった食べ物である、ベーグルが出てくる。

黒々とした姿で回り続けるベーグルは、この世界の混沌《こんとん》を象徴しているのかもしれない。

第十話

手作り、のチョコレート

二月十四日のバレンタインデーが近づくと、高級なものから手軽な感じのものまで、さまざまなチョコレートが店頭に並ぶ。そして、世間が、そわそわした空気を醸し出す。

スイーツのなかではチョコレートがかなり好きな私も、この時期は、なんとなく浮かれた気分になる。商業主義に振り回されているといえばそれまでだが、華やかな商品展開が嫌いではない。

ふだん、それほど馴染みのないような種類のもの、たとえば、ルビーチョコレートや、オーガニック、フェアトレードのチョコレート、輸入ものの銘柄も多く目にすることができて、工夫を凝らした売り場やショーウィンドーを見ているだけでも楽しい。パッケージもかわいかったり美しかったり、思わず手にしたくなる。

だが、バレンタインデーに向けたチョコレート商戦を、こんなふうに穏やかに微笑ましく眺められるようになるまでには、長い時間がかかった。

ものごころついたころから、バレンタインデーというのが一大イベントで、しかも、男性が女性にアプローチするべきという考えが主流であったなか（とくに昭和では）、その日は特別に「女性が男性に愛情を表現する日」で、「気持ちを託してチョコレートを贈る」ということがのぞましく、特別な行為として頭に刷り込まれていた。

好きな男の子がいる、というのが女の子として自然なことで、バレンタインデーは女性から男性への告白の機会だったり、カップルだったら愛情の確認だったり、という認識だった。それゆえに、好きな人もいない、恋人もいない、失恋後、などは、バレンタインデーに寂しい気持ちを味わわざるを得ず、幸せそうなカップルを恨めしく思うことさえあった。

いまでこそ私はバレンタインデーをむやみに男女の関係と結び付けなくなった。だが、つい最近まで、もしかしたら現在でも、世間ではそういう風潮は根強く残っていて、女性の心がざわつくだけでなく、バレンタインデーにチョコレートをもらえる見込みがない男性が、女性への呪詛《じゅそ》を募《つの》らせてしまうようなおかしな事態まで生じてしまっている。

作られてしまった仕組みや価値観がおかしいのに、恨みつらみが直接的に向かうのは、女性の属性を持った人へというのがまさにミソジニー（女性嫌悪）の実態だ。ミソジニーについて考えるとき、韓国において、男子のみに兵役があることで、男性が女性を憎む、といったことが思い浮かんでしまう。

二〇二一年に日本で起こった、小田急線内での女性への無差別刺傷事件も思い出される。ミソジニーによって起こった事件は、韓国でも二〇一六年、ソウルで殺人事件があった。韓国での#MeToo運動、そしてフェミニズムが盛り上がるきっかけとなった事件だ。

しかし、現在、韓国のフェミニズムはバックラッシュがすさまじいようだ。

声をあげることが恐ろしく、萎縮してしまうといった事態が起きている。声をあげるとすさまじい攻撃に遭うという現象は、日本も同様で、そういう点では、日本と韓国は、あまりにも似すぎている。

恋愛至上主義的価値観および、異性からモテることが素晴らしいことという考え方は、そこから零《こぼ》れ落ちる人たちの呪詛を募らせ、男女の間だけでなく、同性同士でも、分断を生じさせてしまう。

そして、交際や恋愛が女性と男性という二元論でしかいまだ語られにくく、さらには、恋愛そのものに関心のない人たちの声は届きにくい現実がある。

エンタメにおいても、BL作品などは増えたが、当然ながら恋愛ありきのままの描写が多いし、LGBTQやアロマンティック（恋愛感情を抱かない）のことを描いてはいても、まだまだ消費の域にとどまってしまっているように思う。

少しずつ変わってきているとはいえ、日本や韓国のような家父長制が根強い社会においての恋愛至上主義や異性からのモテ礼賛は、恋愛の先に続くと刷り込まれた結婚への重圧を生じさせ続け、少子化を恋愛や結婚に安易に結び付ける風潮につながってしまう。

もちろん、恋愛というプロセスを抜きに、マッチングアプリなどの出会いで（マッチングアプリの出会いから恋愛というものも当然あるけれど）条件から入る結婚というパターンも増えている。

いや、恋愛にしろ、結婚にしろ、スペックや条件というのは、多かれ少なかれついてくる。相性が合う、ということは、価値観が合うということで、その価値観のなかには、スペックや条件が作用する部分も大きいだろう。

人を好きになったり、交際をしたりすること、結婚することは、本来ならば、グラデーションがあり、多様なはずだ。簡単に定義できることではない。

とはいえ、結婚という制度や恋愛を過剰に肯定的に、幸せのひな型とするまなざしは、いまだに強い。

昨今の韓国の若い女性たちが、男性との交際を望まず、結婚も出産もごめん被りたいと考えてしまうのも当然だろうと思う。

結婚や出産でキャリアが中断されてしまう、といった問題も含んでいるが、そもそも、結婚や出産によって女性の方により多くの負荷がかかる事実は、なかなか変わらない。

それなのに、社会的に精神的に結婚を強いられてしまうのだから、たまったものではないだろう。結婚や恋愛を望む人がいてもいい、そうでない人もいていい、といった世の中には、日韓ともに、まだまだ程遠いと感じる。両国とも独身女性が国外に移住を望みがちだというのも、うなずける話だ。

多様な人の在り方、生き方を肯定したいし、社会がそうあるべきと考えている私だが、かつては、恋愛というものが、人生のうちで、かなり上位価値をしめていた。

ロマンティック症候群という言葉も当てはまる。

つまり、長いこと、恋愛至上主義であった。

私の世代では、珍しくないことで、いまでもそういう考え方が根強い人も少なくない。また、若い人でも、恋愛至上主義は一般的とさえいえるし、エンタメ作品などでも恋愛のエピソードが中心であったり、話の本筋に関係ないのに無理に恋愛要素を入れたりするようなものも少なくない。

それでも、恋愛がすべてという人は減ったと思う。私がこれまで書いた小説、『伴侶の偏差値』（小学館文庫）や『わたしのアグアをさがして』（ＫＡＤＯＫＡＷＡ）は、恋愛至上主義の女性が呪縛から解放される話だが、「なんでここまで男性との交際ばかり」という感想もあるので、変化は着実に訪れている。

自分が書いた小説は、深層心理が出てしまうので、男性に振り回される主体性のない女性が登場するのは、ある意味、過去の私の映し鏡のようなものだ。

もう一つ加えれば、私にとって恋愛というのは、つねに相手に尽くすことで成り立っていた。それについては、のちほど詳しく書くので、バレンタインデーの話に戻ろう。

バレンタインデーに、チョコレートを男の子に初めて渡したのは、小学校三年生のときだ。そして、その渡した相手が、いわゆる初恋の相手でもある。

Ｓ君は足が速くて、明るい男の子だった。左利きだったことを覚えている。家も近くて、集団下校の際、同じグループだったことが嬉しかった。

チョコレートを販売する菓子メーカーがバレンタインデーに注ぐエネルギーは並々ならぬものので、ＣＭでもバレンタインデーの告白を煽《あお》っていたように記憶している。

その影響と、ませた同級生の助言もあって、私は初恋の男の子の家のポストに、バレンタインデー当日の夕方、不二家のハートチョコレートを入れた。赤いパッケージでハートの形をした、昭和の人にはお馴染みの五〇円のアレである。毎月のお小遣いはたぶん三百円くらいだったから、値段的にも妥当だった。一週間ぐらい前に、近くのスーパーマーケットで買った。

直接渡す勇気がなかったので、家の前まで行き、まわりに人がいないのを見計らって、大慌てでポストに入れたのだが、愚かな私は、自分の名前をどこかに記すことはせずに、包装もせずにチョコレートを乱暴に放り込んだのだった。

翌日、学校で、割れたハートのチョコレートが郵便受けに入っていた、とS君がみんなに話していて、私はいまさら名乗り出ることもできずに、黙っていた。

S君のことは、その後もずっと気になっていて、いよいよ卒業間近の六年生の三月に、思い出のサイン帳に記入してもらうとき、「文通がしたい」と、勇気を振り絞って言った。しかし、あっさりと断られてしまった。

学校も別々になり、私の淡い、幼い恋はこうして終わりを告げた。

自分は否定される、受け入れられないという思いはしんどかったし、しばらくひきずった。三分間スピーチで自分が韓国人だと表明したあとだったから、それが原因だろうかと考えてしまったが、そもそも性格に難があったからに違いないと無理やり自分を納得させた。変えようのない属性を否定されるよりは、今後良くなりうる性格のせいにする方が、自分にとって楽だったのだ。

次に、バレンタインデーに誰かにチョコレートを渡したのは、翌年だ。

中学から私立の女子校に進学した私には、憧れの先輩というのができて、中学一年生のころは、とにかくその先輩が大好きだった。卓球部の二学年上のFさんだ。

運動部において、一年生にとっての三年生は（もちろん、どの学年の先輩もだが）、無条件に敬うべきで、廊下ですれ違うと、その場で立ち止まり、首を垂れて挨拶をしなければならない存在だった。中高一貫校だったので、高校二年生（高校三年生は大学受験に専念するため引退）にいたっては、雲の上の存在だった。

怖い先輩も多い中、Fさんは、あたたかい感じの人で、よく話しかけてくれた。親しみやすいけれど、卓球はとてもうまかった。だから、私は、Fさんにぞっこんだった。

二学年上というのが、姉との学年差と同じだったから、もしかしたら姉のような存在を猛烈に欲していたという可能性もある。

私はFさんに贈るために、お菓子作りの書籍を買ってきて、手作りの原料になるチョコレートであるクーベルチュールをわざわざアメ横まで行って手に入れた。

試作を含めて、三日間くらい奮闘して、バレンタインデー直前には、ハート形のチョコレートが出来上がった。我が家のキッチンは母の独壇場だったが、チョコレートを友達と交換する、と言うと、母は快くキッチンを使わせてくれた。

試作を食してみると、市販のものの方が美味しいような気もしたが、手作りが大事、と心の中で唱えた。すでに手作りへの幻想が芽生えていたのだと思う。


バレンタインデー当日だったのか、日付はいまとなっては定かではないが、私は、卓球部の練習を終えた帰り道、駅までの短いあいだに、Fさんを呼び止め、チョコレートを渡した。サンリオで買ったカードも添えた。カードには、「交換日記をしてください」と書いた。当時、親しい友人や先輩との交換日記がはやっていたのだ。


Fさんは、ちょっと恥ずかしそうに受け取ってくれて、交換日記にも承諾してくれた。

私はさっそく渋谷のバラエティショップに行って、ノートを探した。そして、ちょっと高いけれど、色味のきれいな小ぶりのノートを見つけ、お小遣いで購入した。

帰宅するとすぐに、自分の分の日記を記し始めた。まずは自己紹介をあらためてした。小学校卒業の際のサイン帳と同じようなことを書くと、次はなにを書いていいのかわからなくなり、卓球の技術向上に関する質問などを連ねていった。そして、部活終わりにそのノートをFさんに渡すと、一週間ぐらいでノートが返ってきた。中身はほとんど卓球の話だった。

その交換日記が続いたのは、おそらく三ヶ月くらいで、Fさんからノートが戻ってこなくて、終了となった。私は、一年生のなかで卓球がうまい方でもなかったから、あまり好かれていないのだろうと理解したけれど、あとから、Fさんが、卓球部にコーチとしてきていた大学生（男性）を好きだという噂を聞いて、私の行為はFさんに迷惑だったのだな、と悟った。

こちらは気まずかったけれど、Fさんは交換日記のことなどなかったかのようにそれまでと同じく優しかったことが、かえって私の自尊心を削った。

それでも、卓球部のクラブ活動は、中学生のあいだは、わりとまじめに取り組んだ。しかし、Fさんの学年が引退し、高校生になると私自身が校外の男子に興味を持ち始めたり、友人と学校をさぼったりするようになり、卓球部をやめてしまった。

私の通った学校において、運動部にいることがヒエラルキーの上位にいられることでもあって、それほど卓球が好きでもないのに、「属する集団の選択」から、その後卓球部に復帰したりもした。親しくなったグループに、私が韓国人だと知られて仲間外れになったこともあって、自分の居場所を探していたのだ。

戻ったものの、最後までレギュラーになることもなく、不まじめでへたくそな部員だった私は後輩にも侮られ、嫌な思いをずいぶんとした。まあ、いま思うと、自業自得だ。とはいえ、自分たちのための「卒業生を送る会」で、後輩が私の卓球プレイのまねを面白おかしくおちょくって披露したときには、たいへん傷ついた。

卓球部では、先輩として、いや、部員としては最低だった私だが、高校二年生のとき、後輩からバレンタインデーにチョコレートをもらったことが一度だけある。

卓球部の後輩ではないことは確かだが、誰からもらったのか、その後、自分がどういう反応をしたのか、まったく思い出せない。

けれども、ものすごく嬉しかったと同時に、なぜ私に、と不思議だったことは覚えている。

バレンタインデーの仕掛けをしたと言われる、メリーというブランドのチョコレートだった。ゴディバなどの輸入チョコレートはまだ容易に手に入らないころ、メリーはじゅうぶんに高級な、というか、特別な感じがあった。

高校一年の、やさぐれていたとき、通学で利用する山手線に、ちょっと気になる男の子がいた。

髪が長めで、軽くパーマをかけていて、当時のアイドル、竹本孝之に似ていた。私は、そのころ、竹本孝之のファンで、厳しい母の目を盗んで、友人の名義でファンクラブに入っているほどだった。

同級生にも、当時なんらかのアイドルに夢中になっている子たちがいて、しかも、クラスや学年で目立っていると私が思っていたグループの子がアイドルの追っかけなどをしていたことにも影響されていた。

アイドルを好きになることが、ださくて暗い自分の価値があがる要素のひとつのように思っていた節もある。そうしたよこしまなきっかけもありつつ、私が見つけたのは竹本孝之というアイドルで、実際、知り始めて好きになると、まさに沼に落ちるようだった。アメリカやイギリスの音楽を好みつつも日本のアイドルに夢中になった。欧米のミュージシャンにない「近さ」を感じたのかもしれない。

推し、という言葉は存在しなかったが、アイドルを好きになることが、こんなに楽しいのか、と気づかされた。西城秀樹はずっと好きだったけれど、動向を追っかけたり、コンサートやファンの集いに行ったりするという発想はまったくなかったし、そのころにはすでに、秀樹が好き、ということすら忘れそうになっていた。だから、いまでいう推し活はすごく楽しかったし、当時の鬱々《うつうつ》とした日々のなかで、生きる糧でもあったように思う。

ファンクラブの会報誌に「石鹸の匂いのする女の子が好き」と書いてあったので、一日に二回、朝晩シャワーを浴び、石鹸で身体を洗った。「習字が得意」と知って、以前習っていた習字教室にふたたび通い始める、といったようなことをするぐらいだった。そして私は、電車の中の彼を、完全に竹本孝之と重ね合わせていた。

バレンタインデーは、勝負の日だった。

私はここでも、手作りを選択した。

もちろん、本物の竹本孝之の事務所にも同じものを贈った。

作ったのは、クッキーにチョコレートをコーティングしたものだ。私は、そのころ、手作り菓子が好きで、『ｎｏｎ－ｎｏ』の製菓本をもとに、親しくなった友人の誕生日にシュークリームを作って渡したりしていた。気持ちを込めて、凝って白鳥の形にしたが、渡したとたん友人はひっくり返して持って帰ったので、ぐちゃぐちゃになり、悲しかった。私の気合と裏腹に、友人はあまり喜ばなかった。

友人に対しても、こちらの気持ちが報われることはあまりなかったが、思い返すと、すべてが重すぎる。

さて、チョコレートクッキー作り。

これまでも、妹たちに試作したパウンドケーキやクッキーをよく食べさせたりもしていたので、私がチョコレートクッキーを作っていても、母は寛容だった。材料費を出してくれるぐらいだった。手作りが素晴らしいという価値観を強く持つ母は、私の作ったクッキーを自慢げに来客に振る舞っていたりもした。

バレンタインデー当日の朝、乗り換えの代々木駅に到着する寸前に、気になっている男の子にチョコレートクッキーを押し付けて、逃げるように山手線から降りた。手紙を添えるか悩んだが、やめておいた。家の電話は親に管理されていたから連絡先も書けないし、どうせ毎朝同じ電車に乗るのだから、翌日に言葉でなにか伝えればいい、と思ったのだった。

その当時親しくしていた友人のアドバイスもあって、ある意味煽られて、バレンタインデーに手作りチョコレートクッキーを渡したわけだが、結果は、端的に言って、失敗だった。

翌日、彼はいつもの車両にはおらず、その後の数日間、他の車両に行ってみても、時間を早めてみても姿は見えなかった。まあ、そりゃそうだろうな、と思った。ニキビだらけで、太っていて（と自分では気にしていた）だっさい（自信がなかった）、見も知らない女の子に、突然チョコレートを渡されても、迷惑だろう。しかも、たくさんの人が乗っている電車の中で、押し付けられたのだから。

彼とは二度と会うことがなかった。

振り返ってみると、自己肯定感が低いわりには、積極的に男子にアプローチをしていた。その後も、覚えている限りにおいて、自分から好きになった人としか交際したくない、告白する、振られるを繰り返し、つまりは、片思いの経験ばかりを積んでいく。

数少ない、好きになってくれる人に目を向けようとは思わなかった。バレンタインデーにチョコレートを贈ったのは、その後も何人か思い当たるし、手作りセーターを渡すようなこともしたが、実らなかった。

だから、私が初めて恋人と呼べる人ときちんと交際したのは、大学四年生になったときだ。このときは、自分から積極的にアプローチしたわけでもなく、友人から恋人へ、と進んだのだが、それも短い期間だった。けれども、楽しい思い出もそれなりにある。

とはいえ、一貫して、相手に合わせすぎて、負担に思われていたのではないだろうか。当時、村上春樹の小説を読んだのも、アニエスベーのスナップカーディガンや、ＳＡＩＮＴ　ＪＡＭＥＳのボーダーカットソーを着るようになったのも、彼の影響だった。

若いというのは、そういうことでもあるのだが、「こういう服を着る子がいい」との要望をそのまま受け入れていた。「長い髪の子がいい」と言うから、髪も伸ばした。

母親が買ってきた服を着ていた私が、少し変わったきっかけにもなったから、そんなに嫌な思い出ではないし、結果としてダサさから抜け出せたから良かったけれど、こちらから、こういうふうにして、と言ったことはなかったから、やはり非対称だったと思う。呼ばれればすぐに駆けつけ、予定も彼を最優先、というのが当然という感じであった。

社会人になったのは、平成元年（一九八九年）で、世の中では、バブル全盛期であると同時に、バレンタインデーにおける義理チョコがさかんだったころだ。高級チョコレートも出てきて、バレンタインデーは、会社の同僚への義理チョコのために多大な出費を強いられた。

さすがに義理チョコの手作りはしなかったけれど、好きでもない上司にまで買わなければならないし、女性社員同士でセンスを競わされているような部分もあって、うんざりしていた。もちろん、三月十四日のホワイトデーにはお返しがあって、贈った以上の金額のものをもらったりしたが、あまり嬉しくもなかった。

いま、義理チョコの習慣がすたれたことは、本当に良かったと思う。

社会人になっても、私は恋愛において、相変わらず奉仕ばかりしていた。自分からではなく、相手から交際を申し込まれたとしても、なぜか、付き合いはつねに非対称だった。

ある男性から家に呼ばれて、「肉じゃがかカレーを作れ」と命じられて作ると、「まずい」と言われて落ち込んだ。自分と付き合うには、肉じゃがとカレーがちゃんと作れなければならないと主張された。肉じゃがはもっと甘い味がいい、カレーは鶏肉じゃなくて豚肉じゃなきゃ嫌だ、ということで、次回はその言葉に従った。

なぜに、日本で生まれ育ったわりと多くの男性は、肉じゃがとカレーを女性へのジャッジの指標にしがちだったのだろうか。

当時は、そういうものか、と疑問も持たずに受け入れていたけれど、料理の出来を交際の条件にするなんて、女性が男性のケアをするのが当然という価値観がはびこりすぎていた。

その人は、不機嫌で人をコントロールする、いま思うとモラハラ男性で、なにかで怒りを買って、車から降ろされ、東名高速道路の路側帯に置き去りにされたこともある。

他の交際相手だが、年末に「冷蔵庫の掃除をしに来て」と言われてそそくさと従い、「クリーニングを取ってきて」と言われて取りに行くと代金を払うはめになり、しらばっくれて立て替えたお金をくれる気配もない、など、なぜそこまで相手の言いなりに尽くしていたのか、こうして思い返すと、自分が愚か、かつ痛々しくてたまらないし、腹もたってくる。いわゆる、都合のいい女ってやつだ。

尽くすことで好かれたかったのだろう。それしか考えられない。

やはり、自分が韓国人であることで、否定されるのではないかという恐怖がつねにつきまとっていたのだ。

実際、韓国人だと打ち明けると「血が汚れている」「それは困る」と言われ付き合いが終わることも一度や二度ではなかった。だから、嫌われたくなくて、相手に尽くし、合わせるのが通常運転になってしまった。ありのままで好かれる自信がないのだ。

私は見合い結婚だが、婚約後、料理教室に通い、結婚後も長く料理を習っていた。そして、せっせと元夫に手作り料理を振る舞い、子どもができれば離乳食もすべて手作り、その後もなるべく手料理で、という考えに縛られていた。料理を作るだけでなく、妊娠中にまで、請われるまま、元夫の送り迎えを車でしてもいた。

そして、いつしか、結婚生活は破綻した。

離婚という選択には、ここには書けないさまざまな理由があるが、私があまりにも自分を押し殺してきたことも原因のひとつだと思っている。

離婚の話が出るまで、大きな喧嘩はしたことがなかった。仕事を辞めろと言われれば、キャリアをいとも簡単に諦めたし、夫や子どものため、という言葉で自分を縛ってもいた。

子どものお弁当作りも、子どもの習い事も、家族の世話も、すべてのことをきちんとこなしたいという自分自身への枷《かせ》は、相当強かった。夫の実家で行われる祭祀や茶礼でも、まめまめしく働いた。本当は、不満があるのに、それをぐっとこらえていた。

尽くすことが悪いわけではない。手作りも素晴らしいし、否定したいわけではない。だが、そこに過剰な正しさを込めたとき、やはりひずみは生じる。

娘が小学生のころ（女子校）、バレンタインデーには友《とも》チョコを贈るというのが、当然のようになっていて、娘は驚くほどの数のチョコレートを持って帰ってきた。微笑ましく思う一方、いや、これは、数の大小で格差も生じるだろうな、と率直に心配になった。なかには、手作りのものもけっこうあり、衛生的にはどうなのか、と不安にもなった。そして、自分が贈った手作りチョコレートのことも、衛生的にはアウトだったよな、と思い出した。手作りは重い、という価値観もいまでは認知されていて、私は、あえて手作りを避けることも増えた。コロナ禍以降は、さらに、衛生概念のもとにおいては手作りに対しての過剰な意味付けも減っていくだろう。

また、男子校だった中学生の息子に、バレンタインデーにちょっといいチョコレートを渡したら、「お母さんから、とか、そういうのじゃないのが欲しいんだよね」と言われ、ああ思春期！　難しい！と痛感した。

いまだ、バレンタインデーは、悲喜こもごもであることに変わりはないだろう。それでも、少なくとも私は、いまは恋愛至上主義やロマンティック症候群からは距離があって、心は平穏だ。

チョコレートがとても好きだが、チョコレートという食品が、プランテーション、つまりは、植民地的作物であることも、気にかかっている。

大資本や、元宗主国の企業が、現地の人が飲み食いする作物ではなく、大規模な、資本主義的な営利のもとに、カカオを栽培する。搾取の構造がそこにはある。バナナやアボカド、パイナップル、珈琲もしかりである。

厳密にはできないけれど、私は、それらのことを知った以上、なるべくフェアトレードの企業のチョコレートを買うようにしている。高級チョコレートはもちろん極上の味だし、身近な価格のチョコレートも大好きだけれど、頭の片隅に、プランテーションのことを留めておきたいと思う。

二〇二三年、ソウルに行ったとき、フェアトレードの珈琲やチョコレートが以前より目に付くようになった。しゃれたカフェやチョコレートショップがフェアトレードの商品を扱っている、ということは、意識の先進性がファッションやトレンドに反映されているからだ。とても好ましいことだと思う。

日本も韓国も、少しずつ、食を通じて、環境や社会構造への意識が更新されているのだな、ということがこれまた嬉しい。

今度のバレンタインデーは、チョコレートにこだわらず、自分に花でも買って、労ろう。そもそも、キリスト教の聖人、聖ヴァレンティヌス（英語ではバレンタイン）とチョコレートはまったく関係ないのだから。バレンタインデーを、誰かを想う日だとするならば、殺伐とした世相のなかで、まずは、自分を大事にすることが必要だ。

あ、でも、やはりちょっとだけチョコレートも欲しいから探しに行こう。

最近のアンケートによると、バレンタインデーに深い意味を感じない人が増えているそうだ。良い傾向だと思う。

そして、ようやく、私も、他人への奉仕に極度に意味を見出し、自己肯定のはかりとすることから、抜け出せるようになった。

バレンタインデーが楽しみである。

第十一話
ダイエットとの長い付き合い（前編）

つねに、太ることを気にしてきた。

とはいえ、小学生のあいだは、まったく意識していなかった。高学年になって中学受験のため、勉強中心の生活を始めたことで、進学塾の前後におやつや夜食を摂《と》る癖がつき、さらに運動不足も加わり、急に体重が増えた。それでも、べつだん気に病むこともなかった。むしろ、自分の身体が大きくなっている＝成長していることを誇らしく思ったくらいだ。

幼少期は標準か、少し痩せているくらいだったと思う。そして我が家には、そんな私よりもさらに痩せていた姉がいた。姉は、心臓の病を患っていて、食も細く、あばら骨が浮き出るほどだった。

母は、姉に栄養のあるものを食べさせるのに必死で、食卓にはハンバーグ、グラタン、カレーライスやオムライス、メンチカツなどが頻繁に出てきた。たぶん、洋食の方が、栄養価が高いと当時の母は考えたのだろう。

父は韓国の海辺の街、三千浦《サムチョンポ》が故郷なので、とにかく海産物を欲し、ことに魚を辛く韓国風に煮つけたものなどが好物だったが、忙しかった父は、そのころ、めったに家族と夕食をともにしなかった。だから、魚などの海産物を父と一緒に家で食べることも少なく、私たち姉妹がおもに口にしたのは、カロリーの高い洋食の食べ物、しかもおもに肉類だった。

それと、母は、韓方薬もよく煎じていた。朝鮮人参となつめの匂いは、我が家の台所の匂いだったといえよう。ときどき、鹿の角を煎じることもあり、子ども心に、「げっ、そんなものを?」と思った記憶がある。

洋食だけではなく、韓国料理のなかでも、よく口にしたものがある。

滋養になるからと、牛のしっぽのスープ(コムタンスープ)を母が頻繁に作った。当時、近所の肉屋で、日本人は食べないため店頭になかったテール肉(コムタンスープはテール肉を煮込む)を売ってくれるように頼むと、「ああ、韓国人か」とさげすんだ態度で言われた。そのことがあって以来母は、近所の肉屋で注文することはせずに、韓国の食材を売っている東上野までテール肉を買いに行った。

二〇年くらい前に「最近は、テール肉を扱う店も増えて嬉しい。遠くまで行かなくてすむ」

と母が、一緒にスーパーマーケットに行った際につぶやいていたが、買い物をするときにすら、つまり、ごく日常においてまで、つねに差別を恐れなければならなかったなんて、母は理不尽な思いをたくさんして生きてきた。それでも、心臓の病気だった姉の身体を少しでも強くするために、子どもたちのために、さまざまな屈辱に耐えたのだ。

母は、私の長男が幼少期に病弱でしょっちゅうぜんそくの発作を起こしたり、ありとあらゆるはやりの伝染病（細菌感染、ウイルス感染、どちらも）にかかったりすると、コムタンスープを大量に作って持ってきてくれた。

「看病するあなたも元気でいないとね、あなたもしっぽのスープを飲みなさい」と、私の好きなハチノス（牛の第二胃袋）も具として添えてくれた。ワンオペで苦しかった育児期に、母の作る深い味の白濁したコムタンスープにどれだけ救われたかわからない。

私の母は、いや、母だけでなく父も、客観的に見たら、いわゆる、毒親といえるかもしれない。

抑圧だけでなく、暴力もあったし、支配もされた。

だが、両親が日本の社会で在日コリアンとして味わった辛い出来事や、子どもをふたりも亡くしたことを思うと、彼らを理解できるし、恨みのようなものは、潮が引くようにおさまっていく。

もちろん、傷は深く、いまだに癒やされていないこともある。けれども、なにより、両親を憎んでしまうことで私自身がさらに傷ついてしまうし、そんな自分も嫌だ。


私は、自分の気持ちが楽でいられる方を選択したい。

恨むことで気が晴れるのか、それとも赦《ゆる》すことで、傷つかずにいられるか。


離婚後にどれだけ母に育児を手伝ってもらい世話になったか、父に金銭的に助けてもらったかを思うと、彼らに足を向けて眠ることはできない。

それに、高齢の両親は、いまとなっては、昔のことをほとんど忘れている。あれだけ私を殴ったのに、父は私に手を出したことはない、などと平然と言っている。母は、自分が母親として完璧だったと自慢げだ。反論したいが、ぐっとこらえて、うなずくしかない。

父も母もすっかり弱々しくなって足元もおぼつかなく、物忘れもひどくなり、私に頼り切っている。介護付きマンションにいても、細かいことで頻繁に電話がかかってくるし、なにかと頼みごとも多い。

ときには、わがままが過ぎるような要求もあるが、私は、無理しすぎない範囲で、両親に応えている。そして、苦労して生きてきたふたりが、健やかに、幸せに、穏やかに日々を過ごしてほしいと願っている。

そう願うことで、私の心は安寧だ。

さて、姉の横で、しっかりと高カロリーなものを食べても、文字通りに、太る、ということはなかった。背がぐんぐん伸びていたからというのもあったかもしれない。だが、六年生の夏に初潮を迎えると、身長が伸びる速度は緩やかになっていき、私の身体は、みるみるうちに肉付きがよくなっていった。

中学受験の勉強に耐える体力を私につけさせるために、母は栄養価の高い料理を作り続けていたし、間食やおやつも高カロリーのものばかりだったから、体重増加の勢いはとどまるところを知らなかった。

おまけに、我が家では、食事の際に、必ず牛乳もコップ一杯飲まされた。母は牛乳信仰が強かったのだ。学校の給食でも牛乳を飲むから、つまりは、三食の折に、牛乳がセットになっていたわけだ。

私は、中学受験の成功のため、身体が資本、と肝に銘じ、とにかくたくさん食べ、牛乳をせっせと摂取した。そして、実際、そのころは、食べ盛りの言葉どおり、いつでもお腹が空いている、といったような状態でもあった。

体重や体格など、気にかけることなく、がっしりした、丈夫な身体で受験戦争に向かっていったのだった。もちろん、コムタンスープもしょっちゅう飲んだし、受験日の直前に、鹿の角の韓方薬も、いやいやながら、鼻をつまむようにして飲んだ。

もしかして、私は、太っているのか。

そう明確に感じたのは、中学に入ってからだ。入学した私立の女子校には、細くて可憐な女の子がたくさんいた。母の意向で、どうしてそんなにというくらいの短髪で、よく男の子に間違えられた私と彼女たちとは天と地の差があった。

つやつやのボブヘアの清楚な子、丁寧に三つ編みをしたお人形みたいに華奢《きゃしゃ》な子を見て、仰天した。もちろん、公立の小学校にも髪が長かったり、すらっとした子はいたりしたけれど、なんというか、醸し出す雰囲気が違うように思えたのだ。

ああ、こういう子たちが、お嬢さん、なのだな、と、この学校が、世間で、お嬢さん学校と呼ばれていることに納得した。そして、自分がえらく場違いで、惨めに思えてきた。この強烈な劣等感のせいもあって、私は小学校時代の親友に、ひどい手紙を書くにいたってしまった。

それでも、中学二年生くらいまでは、卓球部のクラブ活動に熱心だったし、まわりには、私と変わらない感じの子もいたので、それほど体形や見た目を意識していなかったし、ダイエットをしよう、と思ったこともなかった。気にしていたのはニキビがおもだった。

家での食事も受験期と変わらず大量で、高カロリーのものばかりだったが、部活のあとはお腹が空いていたし、成長期はたくさん食べなきゃ、と母に言われるがまま、残すこともなかった。正確に言うと、残せなかった。

母は、自分の作った料理を残されると、とたんに不機嫌になり、ときにはため息をついたりするので、母の機嫌を損ねたくなくて、私はいつも米粒ひとつ残さずに出された食事を平らげていた。姉の死後、カップ麺ばかり食べたことを思えば、自分のために母が作ってくれる料理を残すことなどとうていできなかった。

「世界には飢えている子もいるのに」という母によるパワーワードが追い打ちをかけることもあり、そうすると私はいたたまれない気持ちになった。お弁当もだいぶ大きなサイズだったけれど、きちんと食べていた。食の細かった姉を亡くしている母にとって、子どもがたくさん食べることは、好ましいことでしかなかったのだろう。

また、手料理が自慢の母は、食事を拒まれたり、残されたりすると、自分を否定されるように感じたのかもしれない。

もちろん、信心深い母が、飢餓に苦しむ子どもたちに想いを馳《は》せていたのも事実だと思う。それに加え、韓国では、ありあまるほどの食事を供してとにかく食べなさい、という文化があるのだから、一世に育てられた二世の母にもそれは根付いていて、ありあまるほどの多すぎる食事は当たり前なのだ。

いくら運動部に入っているからといって、あんなに食べていたら、当然、体重は増え続ける。しかも、部活の帰りに先輩や友達に誘われて、ファストフードやアイスクリームを食べて帰ることもあった。

ある日は、帰宅途中に乗り換え駅の代々木で降りて駅前のシェーキーズのピザ食べ放題で、ピザやフライドポテトをたんまりと食べた。シェーキーズのフライドポテトは、大判サイズで、スパイシーな香辛料がかかっていて、私の大好物だったのだ。

その日はかなり満腹な状態で家に帰った。寄り道は禁止されていたから当然母にはシェーキーズに行ったことは秘密だった。お腹がはちきれそうだったけれど、寄り道して食べてきたことがばれてこっぴどく叱られるのが嫌で、出てきた夕食も残さずお腹に収めた。

家で食べなければならないから、寄り道の店での量を控える、といったことは考えもしなかった、というか、誘惑に勝つことなんて無理だったのだ。そんなことが繰り返され、あのころは、人生のうちで、一番量を食べた時期だった。

当時、鈴木その子さんの書いた『やせたい人は食べなさい』（一九八〇年、祥伝社）という本がベストセラーになり、鈴木式ダイエットというのがはやった。末の妹の産後、かなり恰幅がよくなり、体重がなかなか落ちなくて、いろいろなダイエットを試していた母は、鈴木式ダイエットもさっそく取り入れた。

ご飯（お米）をたくさん食べる、おかずは粗末とまではいわないが、どちらかというとあっさりしたもので、というのが鈴木式だったと記憶している。

現在のダイエットの常識のようになっている炭水化物を避ける糖質制限とは相いれない考え方だし、カロリーは少なくても栄養バランスが悪かったが、母は、この本を読んで、なぜか、白米を食べれば痩せる、というふうに頭に刷り込まれたようだった。

私たち子どもに、「お米は太らないのよ」と、茶碗にそれまでよりも大盛りのご飯をよそうようになり、お弁当のご飯の量も増え、おかずは変わらず高カロリーで、私の体重増加は加速していった。

ちなみに、当時母が熱心にしていたダイエットは、鈴木式以外では、友人にすすめられた（押し売りされた）健康食品メーカーのプロテインを、食事は普通にとりつつたくさん摂取するとか、脂を分解すると信じてプーアル茶をがぶ飲みするなどだったが、あまり成功しているようには見えなかった。

たぶん、いつも自己流に解釈してしまったり、すすめてくれた人の話をうのみにしてしまったりするからだと思う。そもそも母は、マルチ商法にも、友人への義理から、いろいろと引っかかっていた。母は、食事だけでなく運動もこころがけていたようで、ジョギングや水泳もしていた時期があったけれど、長続きはしていなかった。

日記を読み返してみると、中学一、二年生のころは、体形や体重で深く悩んでいる様子はない。だが、やがて、しゃれっ気が出てきて、少しずつ、香水（コロン）をつけたり、髪を伸ばしたり、爪を磨いたり、色付きリップを唇に塗ったりと、見た目を気にするようになっていく。鏡を見る回数も増えた。

加えて、家では禁止されていた少女漫画を友人から借りて、隠れてむさぼり読み、恋愛への憧れが膨らんでいった。

すると、少女漫画のヒロインは、麗しく、スタイルもよいということを察知しだした。最初はむさくるしかったり、さえない眼鏡をかけていたりしていても、実はかわいい、というストーリーも多かった。

テレビの歌番組の可憐なアイドル、ドラマに出てくる美しい女優さんにも影響を受けた。そして、素敵な、きらきらした恋愛というものは、容姿のすぐれた女性だけの特権なのだ、男性から好かれる資格があるかどうかは、見た目次第なのだ、という価値観がゆるぎなくなっていった。

間違いなく、ルッキズムの萌芽だ。

いや、萌芽というより、それこそ生まれた瞬間から、見た目についてジャッジされる国に生きてきて、とくに女性に対してその目が厳しい空気の中で暮らしてきて、ルッキズムは私のなかで、時間をかけて醸成されていた。いつの間にか種をまかれ、発芽し、茎を伸ばし、花が咲き、実を結んでいた。

しかし、身内と無邪気な友人たちが中心で、人間関係が狭かった小学生のうちは、それほどルッキズムという価値観は顕著に現れなかったが、電車通学で中学校に通い、外の社会を知るようになり、人間関係が広がると、ルッキズムに振り回されるようになっていく。

日本だけでなく、韓国も、強烈なルッキズムがはびこってきた社会だ。そしてその傾向は在日コリアン一世の父、二世の母、親族にも見られた。みな、人の容姿を褒めたりけなしたり、つねに見た目について言及していた。

挨拶のあとにすぐに出てくるのは、美人だの、かわいいだの、鼻が低いだのといった評価だった。親族で集まったときに、いとこたちのなかで容姿の順位をつけられたこともあった。

多少の変化はあるとはいえ、現在も、ルッキズムは韓国社会のデフォルトと言っていいだろう。

韓国に行くと、見た目についてなにか言われる、という場面はかなり多いし、韓国語のテキストや学習アプリには、だれだれはかっこいいです、美しいです、という言葉が頻繁に出てくる。先日は、外見は重要です、という例文まであって驚いた。

テレビのバラエティ番組で、この中で誰の見た目が一番いいか、という質問が平気でされるし、アイドルのメンバーには、顔担当、という役目まであることがある。

韓国ドラマや映画の台詞では、容姿に言及することがしばしばあり、褒めるならまだしも、あしざまに言うことも少なくない。

そして、韓国、ことにソウルには美容外科、美容皮膚科がそこらじゅうにあり、中年のおじさんも通っていたりする。老若男女問わず、美容への意識はかなり高い人が多い。つまり、容姿がとても大事だという価値観はゆるぎない。

もちろん、日本も、いまだにルッキズムが根強い。きちんと意識して、そういう言動をしない人も増えてきたが、まだまだだと思う。自分が年齢を重ねると、エイジズムも加わって、息苦しいな、と思うことも増えてくる。

話を戻そう。

おや、この身体はまずい、と本格的に思い始めたのは、おそらく中学三年生くらいだったと思う。

セーラー服のスカートを短くしてみたりもして、見た目のことで頭が占められ、自意識が過剰になっていった時期だ。ファッション雑誌やティーン雑誌を読み始め、「痩せていることが正義」という価値観が、ますます刷り込まれていった。

また、私の顔には、ニキビが花盛りだったので、それがすごく嫌だった。刺激の強い化粧水で肌を殺菌消毒し、そのまんま硫黄を塗っているのではないかというほど硫黄臭いニキビ治療の塗り薬を毎日肌に擦り込み、鏡を見つめては、自己嫌悪に陥っていた。

高校一年生になると、方眼紙に書いた体重のグラフを日記帳に貼り付けている。また、食べたものを詳しく記録してあったり、カロリー表やダイエットに関する雑誌の記事が挟まっていたりする。目指したいモデルや女優、アイドルの写真の横に、「痩せたい」「きれいになりたい」「かわいくなりたい」という単語が繰り返し出てきて、痛々しい。

体重は、最高値となりながらも、相変わらず家で食事を残すことは許されなかったから、運動して消費カロリーを増やすしかないということは、雑誌などから知識を得て、わかっていた。部活動は一時的にやめていたので、私は痩せるため、通学の際に、学校の二つ前の駅で降りて長い距離を歩いたり、自分の部屋で腹筋を始めたりした。

寄り道したときに甘いものを食べないように、あるいは、食べすぎないように、など、自分なりの努力をしていた様子が日記からうかがえる。

たしか、お弁当も残すようになり、帰りにどこかで残りを捨てるといったような後ろめたいこともしていた。

とはいえ、本格的なダイエットをするということはなく、せいぜい、食べる量を減らすこととわずかな運動、食べたものを記録してカロリー計算をすること、といった程度のことだった。だから最大でも二キロ減ったくらいで、私の体重は高値安定が続いていた。

といっても、いまにして思うと、ふっくらとして健康的、といった程度で、肥満というわけではない。それでも、当時は、自分の体重、体形が嫌でたまらなかった。

それだけにとどまらず、すべてにおいて、自分のことが気に入らなかった。

いまいちの容姿、暗くてひねくれたかわいげのない性格、韓国人である属性、ぱっとしない成績、まったくうまくいかない片想い、なにもかもにうんざりしていた。

親しい友達に韓国人だからと仲間外れにされたことがかなりショックで、思い余って自殺未遂をしてしまったことが中学時代にあったが、自己嫌悪はますます極まるばかりだった。

ノストラダムスの大予言によって、一九九九年に世界が滅亡するということがまことしやかにささやかれていたが、私は、もっと早く、いますぐに滅亡してくれと願うほどだった。


まあ、それでも、学校の友人たちのあいだで、互いの容姿についてけなすようなことがなかったことには救われていた。

だれだれがかわいい、きれい、といったような話は出ても、一定の思いやりはあったし、容姿を悪く言うようなことはいけないのだ、という共通の認識もあったと思う。

女子校だったからかもしれないが、勉強、運動、性格（愛嬌や個性）など、さまざまな物差しがあって、容姿がすべてという価値観ばかりではなかったから生き延びることができた。

アイドルの竹本孝之を好きでいることも日々の救いだった。

しかし、ひとたび、学校の外に出て、男子と出会ったとたん、まずは容姿をジャッジされて、態度に出されるということに絶望した。

私は男子との交際に興味津々なのに、容姿の自信のなさからくる劣等感と、韓国人であることを卑下している自分のありようが複雑に絡み合って、とても卑屈でありながら過剰であった。

ナルシシズム（自己愛）は強いのに自己評価が低かった。

誰かに、受け入れてもらうことで、自分を認めてもらいたい思いが強烈なのに、自己肯定感が持てないという、非常に面倒くさい性分になっていた。その結果、友人にも過剰に尽くし、疎まれてしまうこともあった。また、端整な顔立ちの男子を一方的に好きになり突撃しては撃沈する、といった矛盾した行動をとっていた。

当然ながら、高校生の時分に、楽しい交際など経験しなかった。素敵なボーイフレンドが欲しい！と、夢見たまま、大学受験の準備期を迎える。

私にとって大学受験のための勉強は、中学受験のときよりは苦しくなかったが、それでもやはり大変ではあった。


そのころの日記は、勉強への情熱と学習計画、実際の成績、そしてそれまでと変わらず体重の増減が詳細に書かれている。

とはいえ、その後の人生を左右すると信じていた大学進学が最優先事項だったから、大学受験を乗り越える体力のためと、太ったままの自分をおおいに許していた。

大学生になったら、ダイエットをして、リセットすればいい、と先延ばしにしていた。

痩せれば、バラ色の暮らしが待っているといったようなことが日記にも夢見がちに書いてある。

第十二話 ダイエットとの長い付き合い（後編）

晴れて共学の大学生になった。

そこで、私を待ち受けていたのは、案の定、つねに男子から容姿をジャッジされることだった。

学部の先輩は、新入生をランク付けしていたし、テニスサークルは、入るときにセレクションといわれるような面接があった。

サークルの先輩が「五〇キロ以上あると女じゃない」と飲み会で言い放ったことが忘れられないし、ちょっとトラウマになってもいる。

いまでも、体重計に乗って五〇キロを超えると、胃の奥がぎゅーっと締め付けられる。最近は、なにごとにも、負荷がかかることに対して耐性が低くなったゆえに、なるべく体重計に乗らないようにしているくらいだ。

大学生になって化粧をし始め、服装にも気を使うようになった私は、さあ本格的なリセットとばかりに、いよいよダイエットを始めた。自分が、太っていてダサい、と気に病んでいたからこそ、真剣だった。

五〇キロを超えている自分はダメなのだと思っていた。

当時流行したエアロビクスなどに手を出し、テニスや水泳もするようになるが、思うように体重は落ちない。そこに、アメリカ留学という変数も加わって、体重は落ちるどころか増えてしまった。

家でなるべく食べたくなくて、叱られつつも夕食の時間より遅く帰って食事を抜いたり、昼食を総菜パン一、二個ぐらいですませたりする、などの自己流の食事制限もしてみるが、あまり効果はなかった。

トマトダイエットとか、バナナダイエット、林檎ダイエット、パイナップルダイエットのような、これだけを食べる、というのも試すが、続かなかった。つねに監視してくる母と同居しているため、自宅では徹底できないという事情もあった。

そのうちに、私の部屋に無断で入って日記を盗み読んだ母が、私がダイエットをしていることを知り、激昂《げっこう》する、という事件も起きた。そこには、母の悪口もたくさん書かれていたから、怒りのボルテージは最高値だった。

母は、娘がダイエットをすることを忌み嫌っていた。その背景には、おそらく、亡くなった姉がとても痩せていたから、というのもあるだろう。

ふだんから、テレビのタレントが細いことに対して、恨みでもあるのか、というぐらい悪く言ったりもした。もしかしたら、自分がことごとくダイエットに失敗したからというのもあって、痩せている人に嫉妬していたのかもしれない。

とにかく、そんな母のもとでの私は、堂々とダイエットをすることはできず、こっそり取り組むしかなかった。

母は、娘が痩せるのを快く思わないだけでなく、おしゃれを意識したりすると、「色気づいた」と言って激怒することもあった。

高校一年生のとき、友人と映画を観に行った際に、買ったばかりのイヤリングをつけて帰ったら、母に見つかり、頬を叩かれた。そして、部分パーマをかけたことと学校をさぼったのがばれて、母の通う美容室にひきずられていき、必死に伸ばして手入れも念入りにしていた長かった髪をかなり短く切られた。

また、洋服は幼いころから、目立たないことが第一で、紺や黒やグレーの無地など、地味目の服を着させられた。母によると、それが、品のある服、だそうだ。カラフルな色の服や派手な柄の服を着るのはおかしい、下品だ、とも言っていた。

大学生になって私服になっても、毎朝通学前に玄関で服装をチェックされた。そして母と買った、あるいは母が買ってきた服を着るようにと厳しく管理された。

我が家はそのころじゅうぶんに余裕のある生活をしていたにもかかわらず、お小遣いは極端に少なかった。なにか私が親の気に入らないことをすると制裁でお小遣いをくれなくなるということもよくあった。したがって、自分で服を買う余裕はなかったから、母に従うしかなかった。

「アルバイトはダメ」の禁忌を破って、家庭教師や出版社でのアルバイトをするようになって(しぶしぶ認めてくれたアルバイトだった)やっと、自分好みの服をたまに手に入れたが、それを着ると母がぐちぐちと文句を言ってきた。

社会人になって給料をもらい、自分で自由になるお金が増えてからは、さらに服を買えるようになったが、自宅から通っていたので、つねに母の服装チェックがつきまとい、無視して出かけていくと、のちに、不機嫌と辛辣《しんらつ》な嫌味が待っていた。

実は、私の両親は、私が働くことにも反対した。「女の子は働かなくていい」と、大学院に行くか、家で花嫁修業をしろ、あるいは韓国の大学に留学しろというのだ。

大学院に行くほど学問に興味はなかったし、なぜ頑張って勉強して大学に入ったのに女だからという理由でいまさら花嫁修業なのかと腹がたった。

韓国に留学って、言葉も話せないのに嫌だ、と当時の私は思った。

もちろん、いまは、花嫁修業はともかく韓国に留学もいい経験では？　大学院はいま行きたいぐらいだ、と思ったりするが、社会に出て働きたいと切望していた当時の私には、ありえない選択肢だったのだ。

両親が私に就職をさせたくないのは、お小遣いが極端に少なかったように、経済的に縛ることで、私を支配し続けたいからでもあると察知した私は、ぜったいに、どんなことがあっても働かなければと誓って就職活動にいそしんだ。

英検や秘書検定をとり、英文タイプ（つまりはワープロが使える）もマスターした。大学の成績もよかったのに、韓国籍だった私にとって、就職活動は非常に厳しいものだった。

男女雇用機会均等法も施行されたあとで、女性の総合職を採るようになっても、在日コリアンにはまだまだ厳しい世の中だと実感した。

もしかしたらそういうこともわかっていて私を傷つけたくなくて両親は就職に反対したのかとも頭の隅にちらついたが、くじけずに粘り強く就職活動を続けた。バブル期の売り手市場でまわりの友人たちはいくつも内定をもらっていたのに、私は韓国籍のため門前払いが多くて、悔しくてたまらなかった。

どうにか外資系の金融機関に入ることができたが、社会に拒絶され続けることは、あまりにも理不尽で、耐えがたかった。この経験が、のちに私が日本国籍を取るにいたった理由のひとつでもある。子どもに同じ思いを味わわせたくないと強く思ったのだ。

私をいちいちチェックし、ジャッジする母の態度は、逆張りではあるが、ある種の、見た目至上主義、ルッキズムだろう。ちなみに、いまだに母は、私（や孫）に会うと、服装や見た目についてとやかく言ってくる。もはや聞き流しているが、気分はあまりよくない。

こうしてみると、私はルッキズムの被害者ともいえるが、同時に、私自身がルッキズムの加害者でもあったと思う。

私は、自分がジャッジされることについて傷ついたりうんざりしたりしているにもかかわらず、世間的に言われる、イケメン、が好きだった。当時は、「面食い」という言葉がつかわれたが、まさに、そうだった。

高校時代に一目ぼれしたのもみなルックスがよい、と私が思った男子だった。アイドルを好きになるとはそういうことなのかもしれないが、竹本孝之の顔がこのうえなく好きだった。

「面食い」は、大学に入っても変わらなかった。たいしてよく知らないのに、容姿が好みだというだけで、魅かれた。その好み、というのも、一般的な美男というのともずれていたこともあるようだったが、とにかく、一目ぼればかりしていた。

あれは、本当の意味で好きだったのだろうか。

見た目が好みの恋人が欲しい、ということにとらわれていただけだったような気もする。

自己愛が強すぎて、自分の容姿には自信がないくせに、自分と付き合うのは、かっこいい人、顔がいい人、おしゃれな人、背の高い人しか許せない、と思っていた。

つまり、私自身が、人をジャッジしまくっていたのだ。

なんて、傲慢なのだろう。

そんな心持ちでいたからだろう。恋愛がうまくいくはずもない。

私を好いてくれた優しそうな人を拒んで、かっこいいけれど性格のよろしくない男性と付き合ったり、浮気に悩まされたり、まあ、つまりは、交際はうまくいかないことばかりだった。そして、友人からは、「男性を見る目がない」とまで言われた。

好ましい性格の人と感じのいい交際が始まっても、男性からの電話を親が取り次いでくれない、日本人と付き合うなんて絶対にダメだという親に見つかったら別れさせられるという事情もあって、私との交際は相手にとって面倒なことが多かった。

だから物理的にも付き合い続けるのは困難で、去っていく人もいた。私の性格も素直ではなかったし、ふられるのも当然だった。

私の恋愛道は険しいものだったが、そもそも、あれらを恋愛と呼んでいいのかも疑問だ。思い込みで突っ走っていただけだったのかもしれない。厳しい家庭環境なのに、どうしてあんなに必死になれたのか。若かったのだな、としみじみ思う。

社会人になると、年齢もあるのか、とくにダイエットをしなくても、徐々に痩せてきた。毎日会社に行って働き、食べる量も減ってきたことがよかったのだろう。ニキビも落ち着き、容姿への劣等感は、減っていった。

そして、私は人生最大のモテ期を迎えた。

だが、心は冷めていた。自分のことは棚に上げて、世の中の人びとのゲンキンさに呆《あき》れていたし、そうやって近づいてきたところで、私の正体を知ったら幻滅するんでしょ、と思っていた。

そして、実際に、その通りだったのだ。

韓国人と打ち明けたら、そこで別れが待っている。

相手が去っていく。

日本人と付き合っても、どうせ結婚はできない。

どちらの親にも反対される。

それまでの経験から学んだ私は、それなら学生時代と同様、見た目のいい人と短い交際ぐらいしたって罰はあたるまい、と開き直っていたふしもあった。

そもそも夕食は必ず家で家族ととるべきと門限も厳しく、男女交際も禁止されていたのに、果敢に恋愛をし続けたのは、意地になっていたからかもしれない。

強く抑えつけられれば抑えられるほど、反発のエネルギーが湧いたのだろう。

交際相手の車に乗せてもらって家に戻った際に、母の帰宅と重なり、慌てて逃げたら母が追いかけてきて、一般道でカーチェイスのようになったこともある。

やがて私は疲れてしまった。あまりにも両親の権力は大きくて、かなわないと悟ったのだ。つまりは、ギブアップだ。

それに、やはり、結婚しなければ、という圧は、自分の中にも、世の中の雰囲気にも、そしてもちろん両親からが一番あった。

二十五歳までに（当時は十二月二十五日を過ぎると売れないという意味で、クリスマスケーキと言った）と母は私の顔を見るたびに呟いた。

私としては、とにかく窮屈な家から出たかった。

社会人になっても、独立は許されず、私は相変わらず過干渉な親のもとで、監視されながら暮らしていたのだ。

思い切って家出をしたものの、見つけられて連れ戻され、父から散々に殴られたこともある。駆け落ちしかけて、家に監禁されたこともあった。

結婚しか、このくびきから逃れるすべはない。

そう考えた私は、親がすすめる、在日コリアンとのお見合いを始めた。親が許してくれる結婚しか私には家を出る選択肢がなかったのだ。家父長制の強い在日家庭に嫁ぐのは不安もあったが、自分の家の、牢獄のような厳しさに比べれば、ましではないかと判断したのだ。二十五歳になったころだった。二十五歳までにという言葉も呪いになっていた。

そうして、何度かのお見合いを経て、拙作『縁を結うひと』の「金江のおばさん」という短編のモデルとなったお見合いおばさんの紹介で、元夫と出会い、二十七歳で結婚した。お見合いでも私にとって大事だったのは、見た目だった。元夫は、さわやかな雰囲気で、「この人なら」と思えた人だったのだ。もちろん、外見だけでなく、性格も明るくて、話していて楽しかったのも決め手となった。

あれだけ日本人との交際に反対し、妨害をした母が、在日コリアンのお見合い相手とデートに行くときは新しい服を買ってくれたり、気持ち良く電話をつないでくれたりしたことに、私は呆れてしまった。

だが同時に、親に反対されない交際って、こんなに楽なのかと感じた。

結婚が決まってからは、それほど、ダイエットということを極端には意識しなくなった。もう、選ばれる戦場、恋愛市場にいない、というのが大きかったのだと思う。もちろん、結婚式や披露宴に向けて、太りすぎないように努力はしたけれど、以前のひりひりした痩せ願望とは異なっていた。

私が、人生で一番痩せていたのは、最初の子どもを妊娠し、十一週で流産したあとだった。しかし、そんな痩せ方は、不健康で、ちっともよくない。体調も崩した。

それなのに、私は体重が減ったことがちょっと嬉しかった。完全に認知がゆがんでいた。

再度妊娠して、ああ、これで体重が増えてもいいんだ、と解放されたかと思ったが、産婦人科の健診のたびに体重をはかり、増えすぎると怒られた。やはりつねに体重に一喜一憂しなければならないことはストレスだったし、お腹が猛烈に空いた時期は苦しかったけれど、赤ちゃんのため、という魔法の言葉で、自制することができた。

産後は母乳だったこともあって、どれだけ食べても太らず、体重も順調に落ちていった。ただ、乳児の育児があまりにも大変で、ふらふらだった。

それから、約三年後に娘を産んだあとは、ふたりの乳幼児のワンオペ育児で自分が食事や栄養をしっかりとるような余裕もなく、とにかくいっぱいいっぱいで、体重計に乗ることすらほとんどなかった。

実を言うと、そのころのことは、あまり覚えていない。痩せていたような気もするし、太ってしまったのかもしれない。離婚にいたるさまざまな出来事があった時期にも重なって、とにかく、自分の見た目など、正しく言うと、自分のことなど二の次になっていた。


娘が小学校に通うようになり、中学年になると、ようやく自分のルックスを顧《かえり》みる余裕が生まれて、年齢的に太りやすいことにも気づいた私はまたこりずにダイエットを始めた。

友人からサプリを大量に摂取するダイエットをすすめられて飛びついたら、マルチ商法だった、という経験もあって（そういうところは、母に似ている）、こんどは食事制限ではなく、近くのジムに通い始めたのだ。ジムでは、筋トレとピラティス、水泳、ランニングなどをした。


岩盤浴もはやり始め、気に入ってよく行った。

子どものいないわずかな時間に、自分の身体に向き合った。

ヨガに出会ったのもこのころだ。実を言うと、当時、離婚したことで、父親と母親がそろっている家庭を子どもたちから奪ったことに対する罪悪感と、自分が失敗をした、という気持ちが大きくて、心の調子がだいぶ崩れており、通っていたカウンセリングの先生にも、運動をすすめられた。実際、ジム通いは、心の健やかさを取り戻すのに、役立った。

日本語講師の仕事も始めており、シングルマザーとしての日々の生活は大変だったし、ママ友との付き合いには苦労したが、充実していた毎日だったと思う。

ジム通いはダイエットだけでなく、精神的な面でよい効果があった。

小説を書き始めたのも、このころで、がむしゃらに書いていた。そして小説を書くこともジム通いに勝るとも劣らず、私の心によい効果があった。小説、フィクションを書くことが、たまった思いを吐き出す場所になっていたし、なにより、書くことが楽しかった。自分の軸になることが見つかったような気がしていた。

すると、そろそろ……いい加減……もう……ダイエットをしたくないし、自分の見た目ばかり気にしたくないなと思い始めた。

しかしながら、ダイエットは終わらなかった。

私は、新人文学賞を受賞して、晴れて作家となることができた。

そして、受賞の贈答品がタニタの体組成計だったのだ。なんという皮肉だろうか。

また、インタビューなどで写真を撮られるような機会も増え、世の中に容姿がさらされることになった。

さらには、更年期というものが私にも訪れ、体重が激増した。高校一年生のときの最大値に近づいたのだ。体調も芳しくなく、心も鬱々として、ジムに行く気力もそがれてしまった。おまけに、コレステロール値も高くなり、医師から注意された。

しつこくルッキズムにはとらわれていたし、なにより加齢、つまり、老けて見られることへの恐怖も大きかった。

歳をとることは止められないけれど、せめて、太ることは避けられるだろう。コレステロール値も下げなければ。

ふたたび、ダイエットをしよう！

そして私は、断食（ファスティング）に出会う。

体験者が一〇キロ痩せたと知り、私はやるしかないと思った。

鍼《はり》治療をしながら指導を受けて断食をする、という方法だった。断食にはデトックス効果もあると聞き、「不要なものは、そいで、リセットしなければ」とやる気満々で、鍼に通い、断食を始めた。

私は、どうも、リセットすることが好きなようだ。

子どもたちふたりは留学中で、私はひとり暮らしだったので、断食もしやすかった。四日間の断食のあと、だんだんと食事を増やす、というプロセスで、私は、約三ヶ月で八キロを落とすことができた。コレステロール値も下がった。

断食中は、頭痛がして本当に苦しかったし、食事制限で空腹に耐えることは、思った以上に難しかった。髪の毛が抜けて、吹き出物が大量に出たことは、好転反応だと説明されても辛かった。

けれども、しんどさよりも、やはり八キロも痩せたことは、嬉しくてたまらなかった。子どもたちに、痩せた自分を見せたい、驚くだろうな、とわくわくしていたぐらいだ。

だが、夏休みに久しぶりに会った娘は、空港で私を一瞥すると、「病気の人みたい」と言って、顔をしかめたのだった。老けて見える、とも言われた。

私は、なんのために痩せたのだろう。

新刊のプロモーションのために写真を撮るときに、「痩せている」自分の方がいい、と思い込んでいたけれど、自分がそう思っているだけではないだろうか。

そもそも私が太ろうが痩せようが、まわりの人たちは、あまり関心がないのではないか。

ここで、パラダイムシフトが起きた。

痩せる必要はないのではないか。

自分で、自分を縛っていただけではないか。

そうなのだ。自意識の問題なのだ。痩せる、を手放そう。

ダイエットと別れを告げよう。

ルッキズムに振り回されないようにしよう。

そう決意して数年が経った。

もちろん、世間の痩せ礼賛はなかなかしぶといし、自分のなかのルッキズムも頑固にある。最近も美容皮膚科を検索してしまったし、外食するときなども、食べ物を前に、これを食べたら太るかな、と一瞬考えてしまう。一日に食べたものを思い返したり、カロリーを頭の中で計算したりする癖も抜けない。

しかし、少なくとも周囲に対して、容姿のよしあしを口にするようなことは減った。つまり、完璧ではないが、私自身がルッキズムを他人に対して発動するようなことはないように気をつけるようになったし、痩せていることだけが正義だという風潮には抗っていきたいと思うようになった。

いまの私の体重は、昨年大幅に増加して、断食前に戻り、つまりリバウンドして、大学時代のサークルの先輩からしたら、「女じゃない」けれど、まあ、自分のちょっとぽっこりとしたお腹も、悪くない、と思えるようにはなっている。

なによりも、インフルエンザのあとにコロナにかかり、以降、後遺症に苦しんでいるいまは、健康であることが一番大事だと痛感している。遺伝的に、コレステロール値が高くなりやすい体質ではあるが、体重の数値をむやみに気にするのではなく、食事の内容に気を付けることをこころがけるようになった。

昨年までの服はきつくて入らなくなっている。だからといって、ダイエットをしよう、ではなく、ひとまわり大きいサイズの服を新しく買おうかと思っている。

自分に不満ばかりで、もっと痩せなければ、と思い続けるのはしんどい。そこから解放され、ダイエットをして体重を落とすより、食べたいものを我慢しない方がずっと人生は楽しいと、いまの私は思う。

そして運動も健康のため、ヨガは心地いいからやる、という姿勢になっている。

ただ、コレステロール値だけは、気にしながら……。

呪縛は完全にはなくならないのが、人生だ……。

世知辛い。

そうそう、明るい色や派手な柄の服は、今後も積極的に着ていきたいと思っている。地味な服を着せられた反動がいまごろ爆発しているが、自分の気分がいいことを大事にしていきたい。

以前ほどは、どう見られるかが気にならなくなってきている。加齢とともに、自意識が薄れてくることは、いいこともあるのだ。

あまりにも、自意識をなくして、他人に迷惑をかけるようなことにならない程度に、生きていきたい。

長い付き合いだったダイエットとは、やっと距離をとれそうだ。

だが、ルッキズムを完全に捨ててリセットすることは、難しい。

私は、今日も、韓国ドラマや映画を観て、「この俳優さんかっこいいー」と心の中で叫んでいる。

いくつになっても「推し」の姿かたちに心を奪われ続けている。

第十三話

ホテルでアフタヌーンティー（前編）

アフタヌーンティー。

その言葉から想起されるのは、優雅なひとときだ。

場所は、高級ホテルのティールーム。プレートにのった美しい彩りのスイーツや小ぶりのサンドイッチなどとともに、紅茶を飲んで談笑しているのは、ちょっとよそゆきの服に身を包んだ人びと。

幾重にもおよぶプレートに並ぶスイーツが象徴的な英国式アフタヌーンティーは、一九九〇年代前半、日本においてそれほど一般的ではなかった。

シンガポールや香港といった旧英国領に観光に行ったなかでも、ラグジュアリーホテルでお茶を飲めるようなごく少数の限られたひとたちぐらいしか経験していなかった。

といっても、円高で景気もよく、トレンドに敏感なＯＬの海外旅行先として香港やシンガポールは人気が高かった。飲茶やアフタヌーンティーは、彼女たちにとっては、旅の目的のひとつでもあった。

私が当時勤めていた出版社からも『香港・シンガポール事典』というムックが刊行されていて、しかも広告部でその雑誌の進行業務をしていた私は、そのムックを読み込んで、アフタヌーンティーに憧れ、夏季休暇に高校時代の友人とシンガポールに行って、ラッフルズ・ホテルで生まれて初めて英国式アフタヌーンティーを経験した。

焼きたてのスコーンがすごくおいしく、そして、ラッフルズ・ホテルの格式のある豪華さに感動した。そういったことで、三十五年ほど前のシンガポール旅行は楽しい思い出として記憶されている。なにより、一時期かなり読んでいた村上龍の小説に出てきたラッフルズ・ホテルに行けたことも嬉しかった。

このころの私は、ミーハーで、ちょっと調子に乗っていたのかもしれない。私だけでなく、日本が、日本に暮らす人びとが、調子に乗っていた時代だった。

しかしながら、そのころアフタヌーンティーという言葉は、まだまだ世間に広く浸透していなかった。私がシンガポールに行ったときも、アフタヌーンティーではなく、ハイティーと呼んでいたような気がするが、ハイティーなんて、知らない人が多かった。

アフタヌーンティーを単純に訳すと、午後のお茶、となり、つい、日本の清涼飲料水「午後の紅茶」を連想してしまう。するとたちまち、身近なイメージとなる。

たしかに私の生活のなかで、午後のお茶の時間は、日常のひとときだ。

執筆の合間にひと息ついて飲む緑茶、友人とともにスイーツと一緒にいただく紅茶、担当さんとの打ち合わせでおかわりする珈琲。さまざまな午後のお茶の時間がある。珈琲も大好きだが、その他のお茶を飲む時間も、日々いつくしんでいる。

だが、ホテルでのアフタヌーンティーとなると、とたんに非日常の出来事になる。

そして、アフタヌーンティーの時間は、優雅どころか、案外、闘いや葛藤の現場だったりするのだ。少なくとも、私にとっては、そうであった。

ホテルで午後にお茶を飲んだ思い出として強く記憶に残っているのは、数々のお見合いの席だ。そして、そこは、神経戦がくりひろげられる場所でもあった。

私が大学三年生になったころから、母は、「卒業したら、お見合いをしなきゃね」と、ことあるごとに口にするようになった。その言葉は呪いとなって、私にのしかかり、私は勘弁してくれとばかりに、日本人との報われない恋愛にますます精を出した。

就職活動で散々日本社会からはじかれる経験をしたことも影響して、日本人と交際して結婚すれば、私は社会に受け入れられるはずだ、と思っていたふしもある。

そのころは、恋愛のゴールは結婚だと信じて疑わなかったし、世間の空気もそうだった。結婚できないことに対する恐怖に近い感情もあった。いまは、まったくそんなことは思わないし、子どもたちをはじめ、人にそんな考え方を強いるようなことはないが、当時は、恋愛しなければ、結婚しなければ、というのが、強迫観念のように自分の内に染みついていた。

だが、これまで書いてきたように、恋愛が結婚へとつながることはなかった。

私も、結局、在日の社会の中で生きていくしかないのだと観念してお見合いをすることにした。

在日韓国人であることを必死に隠して生きてきて、その境遇から逃れようともがいてきたけれど、逃れることはできないのだと悟ったのだ。

在日コリアンの同胞とお見合いをすることは、私にとって重大な決断で、人生においてのひとつの転換点だったと思う。

お見合いのシステム化ともいえるマッチングアプリがさかんないまとは違い、当時は、お見合いをするような友人はまわりにほぼおらず、恋愛をうまくできない人がお見合いをするようなイメージがあった。

恋愛を成就できないということは、ダメの烙印を押されたに等しく、恋愛結婚の方がよくて、お見合い結婚は妥協、という印象まであった。

また、お見合いは、前近代的な産物だとも思っていた。したがって、なぜ時代錯誤なことをしなければならないのかと悔しかったが、私にとって結婚は、家から出る手段としては、もっとも現実的に可能だと考えられるものでもあった。

だから、心を決めた。というか、諦めた。それほど、両親、とくに母親の抑圧が辛かった。家から出たかった。

母は、「あなたはほっておいたらとんでもないことになるから、お見合いする気になってくれてよかった」と何度も言い、私は、そのたびに、親に屈服せざるをえない無力な自分が嫌でたまらなかった。

当時の在日コリアンでも、日本人と恋愛結婚をしている人は多く、在日同士のお見合いに来る男性が、果たして在日コリアンとしてのアイデンティティが薄い、もっと言えば、在日コリアンであることに対してネガティブな気持ちを抱いてさえいる自分と話が合うだろうか、在日の嫁をと望むおそらく民族意識の高い家庭の雰囲気に私が馴染めるだろうかと不安も大きかった。

とはいえ、もしかしたら、いい出会いもあるのではないか、という一縷《いちる》の望みもあった。性格がよくて、それなりの容姿の人がいてくれたらいいなと淡い期待も持っていた。

まず、お見合い写真というものを撮った。

はしゃぐ母とともに、お見合い写真が上手だと評判の写真館に行った。

もちろん、撮影のために洋服も買ってもらった。母の見立てで、ちょっと地味なのでは?と思われる白い襟のついたグレーで無地のワンピースを選んだ。

清楚に見えるといえば、そうなのだが、どうにも野暮ったい。私としてはもっと明るい色の服で写真を撮りたかったが、お見合いをすると承諾した時点で、主導権は完全に母の側にあった。いや、いつでも主導権は親の方にあったのだが。

仕方なく、という感じが滲み出ているのか、その写真のなかの私の表情は、けっして明るくはない。微笑んでと言われて作り笑いをしても、諦念が、漏れ出ている。のちに元夫が、「あのお見合い写真は地味で暗かったね」と言ったくらいだ。

私のお見合い写真は、ふたりのお見合いおばさんに手渡された。五反田のAさんと池上のBさんだ。

日本には、二つの在日コリアンの民族団体がある。

在日本大韓民国民団（いわゆる民団）と在日本朝鮮人総聯合会（いわゆる総連）で、在日コリアンは、どちらかの組織の系統に分かれていた。現在は、どちらとも関係なく生きていけるが、マイノリティの互助組織でもあるので、以前は生きていくためにどちらかに属さざるをえない在日コリアンがほとんどだった。

たとえば、我が家の場合、父が事業を営むのに、かつて日本の銀行は在日コリアンにお金を貸してくれなかったので、民団系の金融機関で資金調達をした。また、当時は民団を通して韓国のパスポートを発行してもらっていた。そして父は、民団の商工会で人脈を作っていた。

お見合いおばさんも、民団系のAさんと総連系のBさんになんとなく分かれていた。

とはいえ、在日コリアンの世界は、ぱっきり二つに分かれてつねに対立しているわけではなく、親族のなかでも民団系と総連系が混在していたりしたし、友人同士でも同様だった。民族団体の幹部でもない限り、いや、たとえ幹部だったとしても、違う系統だからといっていがみあってばかりいるわけでもなかった。そもそも、在日コリアンの故郷は南の地域が多く、同郷の絆や親戚であるということの方がどちらかといえば大事だった。いがみあうことがあるとすれば、親族が集まる席で酒が深くなって喧嘩になる、という感じだったりする。

とはいえ、この喧嘩も、金銭問題が絡んでいたり、単に酒癖が悪いだけだったりということもあった。

もちろん、例外もあって、イデオロギーの強い人たち同士が犬猿の仲になることもあった。政治の話をして熱くなる、政治的立場の違いで対立するということもあっただろう。在日コリアンの集住地域では、朝鮮戦争の代理戦争が起きたこともあったし、朝鮮民主主義人民共和国への帰還事業（一九五九～六七年）をめぐっては暴力事件や抗争もあった。

だが、私がお見合いを始めたころは、在日コリアン社会のなかで民団系も総連系も平和に共存していたように見えた。少なくとも、私のまわりの在日コリアンたちはそうだった。

東京で、集住地域に住んでいなかった在日コリアンであり、しかも通称名で暮らしていて、日本の学校にしか通っていなかったから、そう見えたのかもしれない。

在日コリアンとひとことで言っても、その内情は、さまざまである。

そういったわけで、私自身は、民団だとか総連だとかをあまり意識したことはなかった。恥ずかしいことだが、実は、朝鮮半島の事情もあまりよく理解しておらず、民族団体のことも詳しく知らなかった。親戚やごく少ない知人友人を通してしか、在日コリアンについて知らなかった。そして、知ろうともしていなかったのだ。

お見合いおばさんも、総連系であっても民団の人の縁談があり、民団系でも朝鮮学校を出た人の縁談があった。

大事なのは、どれだけ「良縁」であるかであって、どちらかといえば、職業や家柄、金銭的にどうであるかが、お見合いおばさんたちの「良縁」であり勝負どころであったようだ。

このあたりのことは拙作『縁を結うひと』に、自身の経験をふまえて面白おかしく小説にしているが、ここでは、私が実際に経験したことを思い返してみようと思う。

私のお見合い写真と釣書《つりがき》がふたりのお見合いおばさんたちの手に渡ると、すぐに縁談が持ち込まれ、先方の釣書が来た。二十五歳という年齢は、売り手市場のようだった。

だが、そのとき、相手の写真を見た覚えがない。その後、数々のお見合いをしたが、こちらは写真館で撮った写真とさらに普段着に近いカジュアルな格好のスナップ写真、のちにはチマチョゴリを着て撮ったスナップ写真も見せていたが、男性の方は、写真は少なく、あってもせいぜいスナップ程度で、釣書だけというのがほとんどだった。

要するに女性の方がより容姿が重視され、男性は経歴や肩書が重視されているということなのだろう。写真をあらかじめじっくりと見たかったとは思ったが、女性が容姿を重視される非対称性をそれほど気にしなかった私の当時のジェンダー感覚は、権威主義とルッキズムとがあいまって、旧世代の感覚を完全に内面化していたと思う。

さて、記念すべき最初のお見合いは、五反田のAさんからの縁談で、大田区に住む歯科医の男性だった。八歳年上で長男であるということが釣書による前情報だった。

釣書には、氏名（本名と、あれば通称名）、両親の名前、きょうだいの有無（長男、次男なども明記）、故郷がどこか（つまりは本籍地）、現在の住所、学歴、職業、趣味などが書かれていた。これは、私も同様の内容を書いた。

お見合いは、白金台の都ホテル（現シェラトン都ホテル東京）のティールームで、日曜日の午後に行われた。それぞれに母親が付き添うのだが、この構図は、その後のお見合いでも変わらなかった。そして、ホテルのラウンジやティールームで土曜日や日曜日の午後のティータイムにセッティングされることがほとんどだった。

歯科医の男性は、背が一八五センチメートルくらいあって、都ホテルで会ったとき「大きいな」というのが最初の印象だった。

まず、Aさんとその人と私、それぞれの母親の五人で席に着いた。朗らかそうな人で、母親の方も、優しそうに見えた。

それぞれの紹介をAさんがして、次に母親たちが、釣書に書かれていない、父親の職業について説明などをした。そして、十五分ほどすると、あの、ドラマのセリフなどでよく耳にした「あとは若いふたりで」という言葉がAさんの口から飛び出し、「あちらの席に行きなさい」と続く。

本当にそんな言葉があって、お決まりのシチュエーションになるのだなと、私は半ば感動していた。芝居がかっているようにすら感じて、現実味がなかったが、言われるがまま、少し離れた席に相手の男性とともに移動した。

もはや、この状況を楽しんでさえいる自分がいて、緊張はなくなっていた。

どんな話をしたかはまったく覚えていないが、やはり歳の差を感じるな、と思った記憶がある。

二十五歳の私からすると、三〇歳を超えている歯科医の先生は、落ち着きすぎていた。とても穏やかな人だったし、感じもよかったのだけれど、私は、このお見合いにおいてすら、少しは恋愛要素を求めていたのだと思う。

胸がドキドキするとか、キュンとなるとか、目や心が魅かれてどうしようもないという思いを、初見でも感じたかったのだろう。それは、私のこれまでの恋愛が一目ぼれかそれに近い感じで始まっていたからで、その感覚はどうしても捨てきれなかったのだ。つまり、ビビビッ、が欲しかったのだ。

結婚と恋愛は違うと母がうるさく言うけれど、恋愛の先に結婚があってほしかった。

私は、頭の中で、この人と子どもを作れるだろうか、と超現実的なことを考えていた。また、男性の職業や家のこと、母親の感じなどを思い出し、嫁いでその家の長男の嫁としてやっていけるかと、頭をフル回転させていた。

ふたりで向かい合ってお茶を飲んだが、そんなに話が弾んだわけではなかった。それでも嫌な空気ではなかったような気がする。

私としては、とにかくおとなしく見られるようにという母の言葉を守っていた。その方がお見合いにはいいということだった。したがって私もどうせお見合いをしなければならないなら、相手に気に入られた方がいいだろうと判断をしたのだった。もちろん、頭の中では饒舌《じょうぜつ》だったのだけれど。

そんなわけで口数の少なかった私に、その人は気遣っていろいろ話しかけてくれたのではなかったかと思う。三〇年以上前の記憶なので、はっきりはしないけれど、思いやりのある人だなと感じたことは覚えている。

ふたりでお茶を飲んでいる間に、Aさんと母親たちは別席で待っていて、しばらくしてそこに戻ってお開きとなった。

家に着くと、母からどうだったかと訊かれた。私は、あまりピンとこないというような返答をした。すると母が怖い顔になって、「一度会ったくらいじゃわからないでしょう」と言った。私は、「でも……」と口ごもってしまった。

「どこか嫌なところがあったの？　いい人だと私は思うわよ」

「別に嫌とかではなかったけど、歳が……」

「私とお父さんだって、六歳違うのよ。そんなものよ。とにかく、断らずに一回はデートしなさい。それが礼儀だから」

「うん……わかった」

こんなような会話が交わされた。

夜になってAさんからかかってきた電話に、母は、前向きな返事をしていた。父は、母から話を聞いても、何も言わなかった。

翌週の土曜日に、私は青山の和風レストランで、お見合いした歯科医とデートをした。今回も母が髙島屋で見立ててくれた清楚なワンピースを着て行った。あまり好みのデザインではなかったけれど、仕方ない。

唯一嬉しかったのは、欲しくても買えなかったフェラガモの靴を母が買ってくれたことだけだった。

カウンター席に並んでみると、彼は思いのほか痩身だった。だが、その足の大きさに驚いてしまった。三〇センチくらいあるから、靴がなかなか手に入らないとか、服も探すのが難しいなどという話をした。靴が好き、というところは、私と一緒だな、と思ったことを覚えている。

それ以外には、私がどんな仕事をしているかなどを話したと思う。ときどき会話が途切れ、とても長い時間に感じた。この人と結婚したら、とあらためて考えてみるが、どうしても想像できなかった。いい人だし、嫌ではないが、好きになれそうな予感がしない、というのが、正直なところだった。

私は、好きになれる人、なれそうな人と結婚したかった。

デートといっても、夕食を食べただけだったが、家に帰ると、母から根ほり葉ほり様子を訊かれた。私は適当に応えたが、あまりにもうるさいので、「もう、あの人とは会いたくないから訊かないで」と話を打ち切った。

そこできっと母に叱られるのだろうと予想していたが、母は、案外あっさりと、「あらそう、じゃあお断りの電話をAさんにしなきゃね」と言ったのだった。

私は拍子抜けしてしまったが、すぐに、母が簡単に引き下がった理由がわかった。

一つは、父が、その歯科医の人の家が、済州島《チェジュド》が故郷であることに難色を示したことだ。

さらに、長男のところにはできれば嫁に行かせたくないということがあった。家父長制が根強い在日コリアンの家庭は、長男の嫁が苦労するのは、目に見えていた。年に数度はある祭祀や茶礼の準備、まれにある両親との同居、男の子を産まなければならないなど、さまざまな抑圧がある。

私の数少ない在日コリアンの友人のお姉さんが両班《ヤンバン》（朝鮮時代の特権階級）の家系の長男に嫁ぎ、体重が一〇キロも減ってしまったと聞いていたので、私もできれば長男は避けたいと思っていた。

だから、父が長男のところに行かせたくないと言ってくれたことにはほっとしていた。

けれども、それまで、相手の故郷の地域が気に入らないなんてことがあるとは夢にも思わなかった。

そして、在日コリアンとして差別を受けてきたはずの父が、同じ在日コリアンのことを、故郷によって、つまりは自分では避けられない属性によって、忌避することに驚いた。

父は、慶尚南道《キョンサンナムド》が故郷だが、全羅道《チョルラド》の人もできれば避けたいなどと言っていると母から聞いて、韓国人、在日コリアンの中に、地域差別が根強いことをはじめて知ったのだった。

私は、在日コリアンのことを本当によく知らないなとあらためて思った。

住んでいるわけでもない故郷がどこであろうと、あまり関係ないように思えたから、なぜ地域に拘泥《こうでい》するのかもわからなかった。

そして、そんなことを言っていたら、ただでさえ、狭い世界の中で相手を探すのに、縁談なんかまとまるのだろうかとも思った。
そんな理由で人を判断する父が嫌だった。日本人はダメ、というだけではなく、ほかにもダメな人がよりによって同胞のなかにいるなんて、父はいったい何様なのだろう。

母があっさりと引き下がったもう一つの理由は、Bさんから母のもとに連絡があって、いくつかいい縁談があると言われたからだった。

「すぐに決めなくても、もっといい人がいるかもしれないでしょ。Bさんによると、二十五ならまだまだ売れるって。間に合いそうよ」

母の言葉に、私は、自分がまるで商品、しかも生ものかなにかになったような気がして、不愉快だった。それこそ、クリスマスケーキだ。
我が家の私に対する人権蹂躙《じゅうりん》は、お見合いにおいてすら顕在化した。そして、決定権は、私だけでなく、両親の方にもかなり、いや、相当あるということもつくづく思い知らされた。
それでも、この、在日コリアンのお見合い市場に出たということ自体は認めざるを得ないことはわかっていた。だから、黙って言われたことを受け入れた。

いい人、という定義は両親と異なるかもしれないが、できれば私も、いい人、と出会いたいと願っていた。この市場で、自分をできるだけ高値で売って、釣り合う高値の人と結婚することしかないのだと考えた。すごく嫌らしい考えだが、あのときはそう思っていた。

「それでね、さっそく、明日、あなたと一緒にBさんのところにご挨拶に行くからね。そこでお相手の釣書もいただけるそうよ」

母は瞳を輝かせている。

「Bさんは、日本一なのよ。条件の良い在日コリアンの縁談をたくさん持っているのよ」と笑顔まで見せた。

お見合いおばさんのBさんは、私が二〇一二年に新人文学賞を受賞した短編「金江のおばさん」のモデルとなった人物だ。キャラの濃い、強烈な人だった。

眼鏡のつるにルビーやダイヤがついていたことが、忘れられない。小説ではだいぶ脚色し、かつマイルドにしているが、実際のBさんは、小説の登場人物よりもかなり辛辣《しんらつ》なことを言う人だった。

日曜日の午前に、私は母とともにBさんの家を訪ねた。午後にはお見合いがあるからと、早い時間を指定され、私は「なんで日曜日にこんな早く起きなければならないのか」と思いつつも、丁寧に、だが、ナチュラルに見える化粧をして母についていった。

応接室のような、ソファとテーブルが置かれた和室に通され、私は、Bさんからねっとりとした視線で、頭から足先まで値踏みするように見つめられた。そして、Bさんは私の釣書と写真を確かめると、ため息を吐きながら頭を振った。

「あんたは、まず、会社を辞めなさい。そして、花嫁学校に通いなさい」

？？？　花嫁学校？　ていうか、なんで、あんた、と呼ぶのだろう……。

「いい大学だと、もらい手が減るんだよ。釣り合う男が少ないからね。男はね、自分より頭のいい女が嫌いなんだ。働いている女も嫌がるね」

？？？　ひどすぎる……。

「あんた、チマチョゴリの写真を撮りなさい。この写真じゃだめだ」

……。

私は、呆然としてしまった。このおばさんのもとにいい縁談があるのではなかったか。なぜ、私を全否定する言葉を浴びせられなければならないのだろうか。

母の方を見ると、うん、うん、と真剣な面持ちでうなずいている。

かばってくれてもいいではないか。

あれだけ教育熱心だった母は、せめて、いい大学のくだりや頭のいいうんぬんのところだけでも、なにか言い返してくれてもいいじゃないか。

涙がこみあげてきそうになるのをこらえていると、Bさんが、よっこらしょっと立ち上がり、隅に積まれた書類の束の中から、一通の釣書をもったいぶって取り出し、私の横に座る母に渡した。

あとから知ったことだが、釣書は、ランク順に積まれていたということだ。

「この人が、いまうちで一番いい話だよ。すぐに見て、会うかどうか決めなさい」

私は、日曜日の午後、高輪プリンスホテル（現グランドプリンスホテル高輪）のロビーに母と出向いた。

Bさんのアドバイスで、薄いピンクか白などの明るめの色の服を着てくるようにとのことだったので、私は、パステルイエローのスーツを前日に母と高島屋で買って、それを着て行った。

私がお見合いしたのは、ソウル大学を出た医師で、こんども五歳以上離れた人だった。高校までは民族学校に通っていたという。出身地は覚えていない。

最初のお見合いと同じように、互いの母親とBさん、私とその人がまずは同じ席につき、すぐにふたりきりでお茶を飲むことになった。

やはり、どんな話をしたか、記憶にないが、前回同様、あまりしゃべらないようにした。というか、よく話す人だったので、話さずにすんだ。

彼は、自分の仕事の話をしていたような気がする。長男というのが気になったが、清潔で、感じのいい人だった。しかし、三〇を超えているせいか、私には、やっぱり大人すぎるように思えた。

そして今回も、ときめくことはなかったのだ。

ふたりでのお茶を終えて席に戻り、会計を男性側がすませて解散となった。すると、Bさんが私に近づいてきて、「どうだったか？　いい男だろう」とささやいた。

いい男とは？　と思いつつも、はあ、とあいまいに答えると、Bさんは「向こうはあんたをものすごく気に入ったみたいだから、一回はデートしなさい」と、私の手を握った。

「あ、はい」

Bさんの刺すような視線に気圧されて、私はうなずいていた。

いつの間に、先方に、確かめたのか。

そして、この圧はすごい、とさすが日本一の辣腕《らつわん》だと驚いた。

後日、私がその医師とデートをしたのは、銀座のビルの上階にあるイタリアンレストランだった。ランチをしたのだが、そのときのことは、比較的しっかりと覚えている。

彼は、東京大学の医局に勤めているとのことで、激務だと言っていたが、たしかにとても痩せていた。小柄なので、もしかしたら、私と体重が変わらなかったらどうしようと思ったくらいだ。

とても純粋な人だった。偉ぶることもなく、気さくでもあった。音楽はクラシックが好きとのことだったが、私がポップスを聴くというと、「松田聖子って案外いいですよね」と私に話を合わせてくれた。とはいえ、そのころは洋楽志向が強かったので、なんで松田聖子？とずれを感じてしまった。

彼は、恵まれない子どもたちの写真展（たぶんアフリカの飢餓の様子かなにか）に行って、心が揺さぶられ、歌を作ったのだと言った。それから、「こんな歌なんです。タイトルは、『この子らに何を』」と言うと、その場で歌い始めた。

静かなレストランに、歌は響いていた。というか、歌が始まると、あたりがしんとなったのだった。

自意識ばりばりの私が、まず思ったのは、まわりの目が恥ずかしい、ということだった。

「無理だ、この人」とも思った。

家に戻って、すぐに母に断ってほしいと伝えた。母はだいぶ粘って、嫌な理由を訊いてきたが、私はなにも答えなかった。無理、というのは、感覚的なものだったからだ。それに、歌が嫌だった、などと言えるわけがない。

しかたなくひたすら首を振り続けていたら、母は、「しょうがないわね。でも、ご長男だったし、あちらのお母さま、ご長男を大事に育てていらしたでしょうから、嫁としては大変でしょうしね」と自分に言い聞かせるように納得してくれた。

いまの私だったら、「なんて、いい人なんだろう」と思うし、「この子らに何を」を聴いて、涙するかもしれない。そのころの自分に「この人と結婚したらいいんじゃないか」とアドバイスしたくなるだろう。

いや、本当に、若いということは、傲慢であり、感覚的すぎるのだ。もちろん、感覚というのは大事だが、嫌になるポイントが多すぎるし、受け入れられる範囲が狭すぎる。

考えてみたら、最初のお見合い相手の人だって、とてもいい人だった。

昨今、日本の若者たちが、蛙化《かえるか》現象と呼ぶものは、きっと、私が歌を聴いたときに感じたものなのだと思う。以降は、すべてが、無理、となってしまったから、よくわかる。

しかし、これも、すべて、いまとなっては、あの人はいい人だった、なのである。

その後もお見合いは続き、私は、ホテルのティールームで、闘い、いや、悩み続けるのである。

第十四話

ホテルでアフタヌーンティー（後編）

その後、池上のBさんの紹介で、次々にお見合いをした。

相手は医師、弁護士、公認会計士など、士業の人をよく紹介された。なかでもとくに医師が多かった。

まれに、親の職業を手伝っているとか、特殊な技術者のような人もいた。サラリーマンが皆無だったのは、やはりまだそのころ在日コリアンの男性も一般企業への就職が厳しかったことを物語っているし、手に職がある人、専門職の人が、お見合いにおいて強かったということもあったと思う。

Bさんによると、私が四年制大学卒業であることで、士業の人が多くなったという。商売をやっていたりすると、嫁に高学歴を求めない、とはっきりと言われた。

女子大の方が良かったのに、とも言われた。そこまで言い切るお見合いおばさんのBさんに私は終始圧倒された。

Bさんの紹介によるお見合いは、いつも高輪や新高輪、芝のプリンスホテルのティールームだった。成約するとそこで式や披露宴をあげることが薦められる、といった流れとなっていた。Bさんはホテルからバックマージンをもらっていたのだ。婚約指輪や、チマチョゴリをあつらえるのも、Bさんの紹介で、これもみなバックマージンがあるようだった。そして、Bさんは、一回の見合いで、当時一〇〜三〇万円の紹介料をとり、成約すると五〇〜百万円、あるいはそれ以上の報酬を得ていた。

我が家は、Bさんに結構な金額を払ったと思う。なぜなら、なかなか縁談がまとまらなかったからだ。一〇人以上の人と会った。デートも何人かの人と行った。

いまとなっては、忘れてしまった人もいるが、記憶に残っている人もいる。

ある医師は、最初のデートで、東名高速をフェアレディZでとばして、自分が大学時代によく通っていたという学校の近くの喫茶店に私を連れていった。

そこは常連しかいないような古い喫茶店で、スペースインベーダーゲームがテーブルに組み込まれていて、コインを入れると占いができる灰皿が置いてあるような、「ザ・昭和」なところだった。

マスターは煙草を吸いながら、興味津々にこちらを見るし、出された珈琲は薄くてまずいし、その珈琲が入っていたカップはふちが欠けていて、茶渋がこびりついていた。

たぶん、ありのままの自分を見てもらいたいという気持ちでそこに連れていったのだろう。百歩譲って、もう結婚が決まったあとのデートならばわかるのだが、初手であの喫茶店はきつかった。

レトロな喫茶店がいまではやっているが、そのときは、単に、古くて汚い喫茶店で嫌だ、としか思わなかった。


また、在日コリアンのなかで一、二を争うほど裕福で、自家用ヘリコプターを所有しているという実業家の息子さんともお見合いをした。歳が近くて、見た目もしゅっとしていたので、悪くないな、というのが第一印象だった。

ところが彼は、ホテルでふたりきりでお茶を飲んだとき、ほとんどしゃべらなかった。仕方なく私の方から質問しても、話が続かない。

三〇分ぐらいで、もうお手上げ、と思っていたら、「僕、こういう性格なんです。いつもしゃべらないから気にしないでください」と言われた。さすがにこの人とは、デートをすることもなかった。

『縁を結うひと』のなかに、エピソードとしてちらっと出てくる人だが、父親も医師で、数人いる兄弟もほとんど医師だという人（次男だか三男）を紹介された。彼は、一〇歳ぐらい上だった。

この家も、在日コリアン社会のなかでは有名で、大きな病院を経営しており、父親は金日成《キムイルソン》の治療もしているとのことだった（このときは金日成がまだ存命だった）。

さすがに歳が離れすぎていることと、私の父が、「北に行くことになったらさすがになあ……」と難色を示したことから、断ったところ、すぐに「じゃあ、弟はどうか」とBさんから話があり、本当に驚いた。弟も医師だった。

兄がだめなら、弟って、デリカシーがなさすぎるのではないか？

もちろん、弟と会うことはなかった。

ある弁護士さんとのお見合いでは、「僕は、弁護士として、同胞のために尽くしたい」と目を輝かせて言われた。

そのころの私は、完全にしらけた人間だった。

同胞のために、という言葉を聞いて、私とは合わない、と即座に思ってしまった。

私は、在日コリアンの同胞のことなど、一ミリも考えたことがなかったし、正直言うと、考えたくなかった。

自分のことしか考えない人間だった。

むしろ、同胞と距離を置きたいぐらいだった。

そもそもこんな人間が在日コリアン同士のお見合いに参加していることが矛盾していたのだが、お見合い相手のなかには、生活していくことだけに専心していると思われる人たちもいるだろうから問題ないだろうと甘く考えていた。

やはり、私のような人間は、この一連のお見合いにはそぐわないと思い知らされもした。

最近は、在日コリアンの弁護士さんと知り合う機会もあるのだが、もしやあのときの人がいたらどうしようとドキドキしてしまう。同胞のために尽くす弁護士さんを、もちろん、いまは尊敬している。

さて、お見合い相手を断ってばかりだった私は、「全然いい人がいない」とちょっと居丈高《いたけだか》になっていた。

そんななか、一〇人を超えたあと紹介されたある医師はちょっとあか抜けていて、いい感じだった。年齢も三歳ぐらいしか離れておらず、会話もはずんだし、この人なら、と前向きな返事をした。

けれども、向こうから断られてしまった。

私の母が大学を出ていないことと、私のことを興信所で調べて、「とうてい、うちの長男の嫁が務まるとは思えない」というのが断られた理由だった。

当時、私は、出版社の広告部に勤めていた。その見合い相手の家は、私の勤務していた会社の人にも、私のことを訊いたらしい。

思うような仕事ではなく不満も多く、勤務態度もあまり良くなかったから、それが伝わったに違いなかった。

断られた理由は他にもきっとあっただろうが、ひとつ考えられるのは、私に交際相手がいたことがばれてしまったのではないかということだ。見合いをすると決めたが、実は、交際は細々と続けていた。彼は、私が韓国人と知っても態度を変えない人だった。

私は、見合いをする前に、その人に一応探りをいれた。だいぶ勇気がいることだったが、「結婚とか、いくつぐらいでするか、考えたことある？」といったようなニュアンスで遠回しに訊いたのだった。

結婚を迫って嫌われたくないという思いもあったから、私との結婚ではなく、あくまで一般的な問いとして。

「まあ、三〇くらいかな」

当然といえば、当然の答えだったと思う。同い年だったから、男性としては、結婚なんてまだまだと思っていたはずだ。だが、私にとっては、由々しき事態だった。

三〇というと、あと五年はあるではないか。

私は待てなかった。

すぐにでも家から出たい。

それに、三〇までその人と付き合い続ける自信もなかった。振られる可能性にいつも怯えていた。そして、すがりつくことに疲れてもいた。

だから、あいまいな付き合いを続けながら、お見合いをした。それなのに、その人のことが好きだったので、きっぱりと別れることもできなかった。

付き合っている人がいる状態でお見合いをしたって、比較してしまうし、誠実とはいえない。ほかに好きな人がいるから、目の前の相手を気に入ることが少ないのも当然だった。お見合いの相手にもとても失礼だった。そして、交際相手にも（当然ながらお見合いのことは秘密にしていた）。

それでも、それまでのお見合いの相手がみな自分を気に入ってくれたので、いい気になっていた。

いつもは日本人の交際相手に対して、自分が韓国人であることに気後れして卑屈になってしまうのに、同じ境遇の在日コリアンに対しては、上から目線で相手をジャッジしていた。謙虚さがなかった。

それが、この医師に、初めて断られたのだ。

ショックだった。

母も、だいぶこたえたようで、とくに、母親も大卒でないと、と言われたことに、いたく傷ついていた。「どうせ私は高卒ですから」とBさんに何度も言っていて、そばで聞いていた私は胸が痛かった。

母は、大学に行きたかったが、「女は行かなくていい」と許されなかったのだ。

自分たちが済州島《チェジュド》や全羅道《チョルラド》がどうのと言っていたけれど、母の学歴でこんどはこちらが難癖をつけられた。

自分に返ってくるとは、まさにこのことだろう。

自分たちがやられてみないと、差別の愚かさにはなかなか気づけない。

私も母も、断られたことにかなり落ち込んだ。そして、母は私の生活態度を厳しく叱責《しっせき》してきた。

私は、この時点で、お見合いはもうしたくない、と思ってしまった。

在日コリアンにも受け入れてもらえないという事実がこの先も重なったら、自分を保てないと思った。自分が相手を受け入れなかったことは棚に上げて……。

お見合いをやめたいということを両親に伝えると、父はかなり不機嫌になり、母は感情的に私を責めた。

しかし、私は考えを押し通した。とにかく、お見合いをまたするのが嫌でたまらなかったのだ。

泣きながら訴えると、母は、「じゃあ、しばらくお休みってことにしましょう。本当は早い方がいい縁があるんだけどね」といつまでもぶつぶつと言っていたが、とりあえず尊重してくれた。父は、私に対して口をきかなくなった。


お見合いをしなくなった私は、まず転職をすることにした。

大学を出て最初に働いた外資系金融会社は、仕事が合わな過ぎて半年ほどで辞め、転職して出版社に勤めたものの、その部署では女性はアシスタント的な仕事しかさせてもらえず、編集部などへの異動も認められなかった。だから、私のキャリアへの不安、将来への不安は募るばかりだった。

家から出てひとりでも生きていけるように、もっと給料もよい会社に移りたかった。結婚できなくても、しっかりとした仕事があり、ひとりで生計をたてられたら、交際相手に期待することもなくなるのではないかと思った。

私はもしかしたら結婚できないかもしれないという考えも湧き始めていたのだ。

転職活動は、外資系を中心に行った。案外すんなりといき、私は、フランス系の化粧品メーカーに総合職として勤めることができた。

仕事は充実していた。化粧品は好きだったし、海外出張や国内出張も多く、給料も比較的高かった。自分の足で立ち、歩いて行けるかもしれない、と希望が持てた。

交際相手に対しても、そこでようやく客観的になることができた。

恋愛や結婚に大きな価値を見出していたが、この人との未来は難しいと、やっと認めることができた。なにより、仕事が楽しくてたまらなかったから、いまは結婚にすがらなくても大丈夫かもしれないと初めて思うことができた。

国内の出張では、百貨店の外商の顧客との茶話会というのを経験した。ケーキとお茶を用意して、午後のひとときを、つまりアフタヌーンティーの時間を過ごし、お客さんと化粧品の話で盛り上がる。

当然、目的は自社の商品の紹介、つまりは宣伝なのだが、新色の口紅をつかってメイクのアドバイスをしたり、スキンケア商品の効能を説いたりすることは、面白い経験だった。仕事は多岐にわたり、手ごたえもあって、やりがいも感じていた。

百貨店の美容部員やホテルのサロンのエステティシャンに対して新商品の紹介と説明をするような仕事もしたので、全国各地に行った。

出張した地の食をいただき、人びとと触れ合ったことで、視野が広がった。仕事の合間やあとに、ひとりで、評判のいい喫茶店やカフェに入って珈琲や紅茶をいただく、つまり、アフタヌーンティーを自分だけの贅沢な時間として過ごすということも楽しんだ。

ひとりで旅行することも苦ではなくなり、むしろひとり旅が好きになった。

家にいると、結婚はどうするの？　いつまたお見合いをするの？　と母が嫌味っぽく、あるいは嘆くように言ってくるので、出張して家から、母から離れていると気が楽でもあった。

交際相手とは、たまに連絡を取り合って会う、といった感じで、しっかりと向き合うことも避けていた。別れる勇気もなく、かといって、結婚したいと口にも出せなかった。けれども、仕事が順調で忙しかったから、目の前のことから目を背けていられた。

そんなある日、大阪に出張し、仕事を終えたのち、当地に住んでいた母方の従姉の家に遊びに行った。従姉は私よりも一〇歳近く上で、結婚してふたりの女の子がいた。子どもたちが寝付いたあと、従姉が私に悩みはないかと訊いてきた。私は、だれかに結婚のこととか、恋愛のことを相談したかったので、尋ねてくれたことが嬉しくて、自分の素直な気持ちを打ち明けた。

結婚はできるならしたいけれど、お見合いではない方がいいとか、父や母が抑圧的で辛いということも話した。交際相手がいて、本当はその人と結婚したいが難しそうだということも、隠すことなく吐露した。

話し終えたときは、深夜になっていた。従姉は相槌をうちながら、ひたすら聴いてくれた。紅茶を二回淹れてくれたことを覚えている。アフタヌーンティーではなく、ミッドナイトティーだ。

大阪から戻ると、私は母の前で正座をさせられた。

「付き合っている人がいるんだってね」

「私やお父さんに対して、感謝ではなく、恨みがあるんですってね」

「○○お姉ちゃん（従姉）が、あなたのこと、贅沢なだけだね、って言ってたわよ」

「お見合いをするっていうから変わったと思ったけど、やっぱりあなたは、どうしようもない子ね」

私がそのときに、どれだけ絶望したかをうまく説明できる自信がない。

従姉は、日本人と恋愛結婚していたから、私の気持ちを理解してくれたと思っていた。だが、従姉は母の側の人間だった。私の話は、母にすべて筒抜けだったのだ。というか、母から頼まれて、私から話を聞き出したのだった。

従姉は、ＤＶや経済的な理由で離婚したイモ（母の姉）のもとで、学生時代からアルバイトをして家計を手伝っていた。そんな従姉からしたら、私の話なんて、そりゃあ贅沢な悩みにしか聞こえなかっただろう。

だけど、私は、切実だった。姉が亡くなって以来、従姉のことを実の姉のように慕っていたけれど、向こうは、私を「恵まれた従妹」としか見てくれていなかったのだ。そもそも最初から、母の味方でしかなかった。

ミッドナイトティーは、最悪の思い出となってしまった。

私のことなんて、誰も理解してくれない。

ものごころついてからずっと感じてきたことが、そのときはっきりとわかった。

それまでよりもさらに家に居づらくなった私は、ひとり暮らしをしようと決めて、物件巡りを始めた。だが、なかなか踏み切れなかった。

自分が住みたいと思う場所は、家賃が高すぎた。従姉の言うように、私は恵まれていた。生活レベルが落ちることが、想像できず、怖かった。

また、ひとりで暮らすことへの不安もあった。ちょっと前に、ある男性にストーカー行為をされたということがあったからだった。セキュリティのいい部屋は、どう考えても自分の給料で住むのは無理そうだった。

さらには、交際相手とも、うまくいかなくなっていた。そんな状態で、ひとりで生きていくことなんてできるだろうかと不安はますます募るばかりだった。

悪いことは重なるもので、激務もあって、身体を壊して、入院をすることになってしまった。数日で退院できたが、私は入院中、海底に沈んでいるような気持ちだった。

なにもかもがうまくいかない。

せっかく仕事は順調だったのに、それも、身体が思うように動かなければ、元も子もない。身体だけでなく、心の状態がかなり危うくなっていた。

私は、社交的ではあったけれど、自分のすべてをさらけ出せるような友人はいなかった。だから、辛いときに連絡をできる人は思いあたらなかった。

交際相手にも、入院したことは言えなかったし、友人にも伏せた。

私の身体を一番気遣ってくれたのは、母だった。心のうちは話せなかったけれど、病院に母が来てくれると、涙が止まらなくなってしまった。

私は、いったい、なにと闘っているのだろう。

先行きが見えないのに、頑張ってもしょうがないのではないか。

私は、根性もないから、覚悟もないのだ。だったら、親に従えばいいのかもしれない。

「いまの会社を辞めなさい」という母に、私は黙ってうなずいていた。


私は、お見合いを再開した。

Bさんの家をふたたび母とともに訪ね、みずから頭を下げた。そのときは、コンサルティング会社で秘書の仕事に就いていた。秘書は、お見合いでも聞こえがいいと母も反対しなかった。

Bさんも「いいんじゃないか」と言った。

最初のお見合いをしてから、二年近く、最後のお見合いをしてから、一年以上経っていた。

一九九四年の一月、雪が降った日曜日に、新高輪プリンスホテルのティールームで、お見合いをした。

彼は、母親を同伴せず、ひとりで来ていた。一歳上の整形外科医で、次男だった。隣の区に住んでいて家も近く、屈託のない明るい人だった。なんとなく、育った環境も似ていた。我が家と同じく慶尚道が故郷で、両親もかなり気に入ったようだった。

私は、この人と結婚することになった。医師の父親ががんの末期だということもあって、早く結婚した方がいいと言われ、三月には結納、四月には披露宴なしで教会での挙式だけをした。まさに、スピード婚だ。

結婚後、私は、母のすすめで、フィニッシングスクール（花嫁学校）と料理教室、お花の教室に通い始めた。つまりは、花嫁修業を遅ればせながらスタートしたということだ。仕事は結婚相手の父親が亡くなったり、彼の地方の病院への転属などがあったりして、続けられなくて辞めた。

フィニッシングスクールでは、ひとりの在日コリアンの女性に出会った。

彼女は地方在住で、新幹線で通ってきていた。結婚を控えており、やはり、お見合いで相手と知り合ったという。同じような境遇もあって、すぐに親しくなり、アフタヌーンティーをよくともにした。

すると、彼女にもたらされた縁談のなかに、私にも薦められた人がいた。関西のお見合いおばさんからの縁談だったそうだが、あらためて、在日コリアン社会の狭さを実感した。

彼女とはなんでも話せていまでも親しく付き合っている。フィニッシングスクールでは、紅茶の淹れ方なども習い、ふたりとも紅茶がさらに好きになったので、マリアージュ フレールのティールームなどでアフタヌーンティーをすることもある。彼女もお見合いを何度かしているので、会うと、お見合いのエピソードは鉄板のネタであり、いまとなっては笑い話になっている。在日あるあるや、祭祀や茶礼の話、語る言葉は尽きない。

同じような境遇が、そして似たような葛藤を持っていることが、いかに心を通じさせるかということを痛感する。

英国式アフタヌーンティーといえば、スコーンが出てくるのが定番だ。クロテッドクリームをたっぷりと塗っていただく焼きたてのスコーンは本当に美味しいし、大好物である。

スコーンは、このようにアフタヌーンティーに出てくるもののほかに、アメリカ式のスコーンもある。こちらは、硬くてごつごつしているが、そっちもけっこう好きだ。

きっかけは、子育て中に食べたことだ。

大学病院勤務の元夫は、当直や呼び出しも多く、休日も個人病院のアルバイトなどを入れていたので、子育てはほぼワンオペだった。

結婚して三年後に生まれた長男は、夜泣きがほとんど一時間おきで、母乳育児も加わって、私はぼろぼろだった。夜泣きは一歳で断乳するまで続いた。

ベビーカーや車のベビーシートではよく眠ってくれるので、寝かせたくて昼間にベビーカーを押して公園に行ったり、雨の日は車に乗せて、近所をぐるぐるとまわったりしていた。そのあいだはつかの間、私の自由な時間ができるからだ。

息子が八ヶ月くらいのときだと思う。

みぞれまじりの雨の降る寒い日、ぐずってばかりの息子を車に乗せた。寝不足でふらふらだったから、息子が寝たら、私も車の中で仮眠するつもりだった。家にいると、抱き癖もあって、すぐ目覚めてしまうから、最後の手段にすがる思いだった。

案の定、息子は車が走り出して一〇分もしないうちに眠りに落ちた。ファミリーレストランの駐車場に入ろうかと探していると、スターバックスを見つけた。

スターバックスなんて、ずいぶん久しぶりだと嬉しくなって、車を路肩に停めて降り、急いでカフェインレスコーヒー（母乳だったからカフェインは避けていた）と、ガラスケースの中で最初に目についたチョコレートスコーンを買った。息子を車に置いたままだったから、ひやひやだった。

運転席に戻り、チョコレートスコーンを口に入れると、むせてしまった。息子が起きたら大変と急いで珈琲で流し込むと、珈琲はまだ熱くて、口の中を火傷しそうになった。あつっと大声が思わず出て慌てて振り向くと、息子はすやすやと寝息をたてて熟睡している。まさに天使のようなあどけない寝顔だった。

私、なにやっているんだろう。

涙が零れ落ちて、しばらくハンドルに顔をうずめていたが、顔をあげて、スコーンを食べ続けた。甘くて、美味しくて、また頑張ろうと思えた。

スターバックスでチョコレートスコーンを見かけると、いつもこの日のことが思い出される。子育ても終わり、楽になったなあと、懐かしく、食べてみることもある。

お茶をする、という機会は、子どもが幼稚園にあがって以降、ママ友たちと持つことがとても多かった。そこでは、ぎこちないながらもお世辞を言いあったかと思えば、マウンティング合戦がくりひろげられたり、噂話に花が咲いたり、子育ての悩みを打ち明け合ったり、夫の愚痴をこぼしあったりする、喜怒哀楽のさまざまが交錯する場だった。

子どもがいて夜には出られないから、ママ同士の社交はどうしてもランチやアフタヌーンティーとなる。そんな様子は『ランチに行きましょう』（徳間文庫）に描いた。

最近の私のアフタヌーンティー、午後のお茶の時間、といえば版元の担当さんとの打ち合わせをすることも多い。そんなときは、閉所恐怖症なので、広々としたホテルのティールームだと嬉しい。珈琲のおかわりを何杯でも頼めるところがけっこうあるから、長い時間になっても、たくさんしゃべって喉が渇いても、安心である。

ホテルのティールームに行くと、自分のお見合いのことがよみがえるが、いまでも、たまにホテルでそれらしき人たちを見かける。すると、つい耳をそばだてて、話を盗み聞きしてしまいそうになる。

マッチングアプリで知り合ったのでは?と思われる男女の会話も聞こえてくる。盗み聞きはあまりいいことではないけれど、おおいに作家的好奇心が刺激される瞬間でもある。

韓国でもアフタヌーンティーがはやっているが、昨年、ソウルの梨花《イファ》女子大学校近くのカフェで、親しい韓国の友人とともにアフタヌーンティーをいただいた。マリアージュ フレールやニナス マリー・アントワネット、フォートナム&メイソン、フォションなど、たくさんの紅茶の銘柄をそろえ、スコーンも美味しく、とても素敵な店だった。また、あそこも訪ねてみたい。

一緒に行った友人は、仕事やプライベートで嫌なことがあると、ひとりでそこに行き、アフタヌーンティーの時間を過ごしているという。心の栄養を摂っている、その行為、すごくよくわかる。

一昨年、ベトナムで泊まったいくつかのホテルのアフタヌーンティーもとてもよかった。そのひとつホーチミンのホテルは、ベトナム戦争時、米軍の将校が泊まっていて、実はベトコンが職員で、銃撃戦があり、銃弾の跡が残っていたが、いまは、優雅なアフタヌーンティーを味わえる場所となっている。フルーツが豊富で、スイーツも秀逸だった。

また、ハノイのホテルでアフタヌーンティーをしたとき、横から韓国語が聞こえてきた。つい目をやると、中年のおじさんと若い女の子という、いかにもパパ活のような組み合わせのふたりがいた。

女の子はベトナム人で男性が韓国人だった。彼らの姿を見て、私のアフタヌーンティーの時間は、もやもやとしたものに変わってしまった。日本のホテルでも、おじさんと若い女性の不自然な会話を見聞きすることがあるが、どこの国だろうと、なに人だろうと、おじさんと若い女の子の組み合わせは、引っかかるものがあって、気になってしまう。

平和だからこそ、アフタヌーンティーを堪能できるのだと、しみじみ思うが、戦争や、格差や差別、搾取の片鱗は、アフタヌーンティーの場にも存在する。

先日、期間限定の、キティちゃんのアフタヌーンティー（「ハローキティ50周年記念カフェ」）に娘と行った。キティちゃんをかたどったスイーツがかわいくておおいに和《なご》んだ。五〇年近くあるキャラクターのおかげで、わずかに現実逃避できた。

第十五話
サンドイッチを片手で

サンドイッチが好きだ。

「サンドイッチ」という名称は実在したサンドウィッチ伯爵によるというが、私は長らく「サンド」＝挟むという意味にとらえていた。また、サンドイッチは、イギリスの貴族がカードゲームを楽しむために片手で食べられるように工夫したものだと言われている。

とくに、トーストしたパンで作ったサンドイッチに目がない。

ＢＬＴサンドイッチを初めて食べたのは、デニーズ（ファミリーレストラン）だったと思うが、あのときの感動は忘れられない。

三〇年くらい前に、代官山で並んで入ったサンドイッチ屋さんのコンビーフサンドも衝撃の美味しさだった。

コンビーフサンドはいまでもときどきウーバーイーツ（出前）で頼んだり、店に行って注文したりするが、サンドイッチのなかではかなり好きな方だ。滑らかな細かい肉は、塩味の利いた味付けが加わって、トーストしたパンとよく調和する。

トーストしていないパンで作るサンドイッチも負けていない。

喫茶店などでは、厚切りになっていることもあるが、耳を切った薄切りが、断然私のなかで勝利する。あれを食べると、小学校のころ遠足などで、母がサンドイッチを作って持たせてくれたことを思い出す。

バターやマーガリンにマヨネーズを混ぜて、パンに塗り、具材を挟む。しゃきっとしたレタスやみずみずしいきゅうりにハムの組み合わせは、たまらない。茹でた卵を細かく切り、マヨネーズであえて具にした卵サンドも好きだった。


思い出深いサンドイッチといえば、ロッテリアのイタリアンホットも外せない。

祖母が生きていたころ、毎週日曜の朝、ミサに出るため、一緒に教会に行った。

当時、ミサの前は食事を摂ることが許されなかったので、ミサのあとは、空腹の限界だった。だから帰りに、祖母、母、私、妹たちで、教会の近くのロッテリアに行くのがお決まりとなっていた。外食をめったにしない祖母がとても楽しみにしていた行事でもあった。

表情がそう豊かでない祖母が、はにかんだ笑みを浮かべながら、イタリアンホットをほおばっていた姿を覚えている。教会に行くときは、必ずおめかしをしていったので、祖母はモヘアのカーディガンや、白いブラウスにグレーのスカートを着ていた。私は紺のワンピースにエナメルの靴といったような装いだった。

よそゆきの服装の、大人と子ども、しかも女性だけの集団が、ロッテリアでむしゃむしゃと食べている姿は、なかなか微笑ましかったのではないだろうか。

私たちは、必ずイタリアンホットを注文した。いま思うと、パニーニみたいなものだ。焼いた薄いパンが独特の風味で、挟んである肉やチーズが熱々だった。

あのころは、すごく美味しいと思ったけれど、いま、イタリアンホットは、ロッテリアのメニューにない。ロッテリアにはそれこそ二〇年以上行っていないが、イタリアンホットを復活してくれたら、ぜひ食べに行きたいと思う。

スタイルコンシャスが極まっていた二〇代の、いきがっていたころは、村上春樹の小説に出てくるサンドイッチがおしゃれだなあと思って真似してみたこともある。残念なことに、どうってことなかった。たぶん、ちゃんとしたレシピにそったわけでもなく、適当に作ったからだろう。

また、アフタヌーンティーにも、フィンガーサイズのサンドイッチが出てくることがあって、嬉しくなる。

甘いものばかりのなかで、あの、ちょっとだけ甘くないもの、というのが絶妙で、きゅうりのサンドイッチなどがさっぱりしていて抜群だ。

ちなみに、本場イギリスではきゅうりのサンドイッチが人気だそうだ。一説によると、サンドイッチが普及しはじめた当時のイギリスでは新鮮な野菜がきゅうりくらいしかなかったせいだという。

ともあれ、サンドイッチは、コンビニでも手に取ることがあるくらい、私が親しんでいる食べ物のひとつだ。美味しいサンドイッチ店のことを聞きつけると、行ってみたくなるし、お気に入りのサンドイッチ店もいくつかある。近頃は、ハンバーガー店のサンドイッチもあなどれない。

バゲットやクロワッサンのサンドイッチもおしなべて好きだ。そして、ベトナムのバゲットサンドイッチ、バインミーも大好きだ。ホーチミンで食べて以来、日本でも美味しいバインミーを求めてやまない。

いまは、食べたいからサンドイッチを食べるのだが、ほかに選択肢が少なくて、仕方なくサンドイッチを食べる、という時期があった。二人目の子どもである娘が生まれてからだ。

娘が生まれたとき、長男は二歳八ヶ月だったから、まだまだ手がかかり、やきもちもすさまじかった。

加えて息子は、小児ぜんそくがあり、身体が弱かったので、ありとあらゆるはやり病をもらい、ぜんそくの発作もしょっちゅうで、救急外来の常連だった。離乳食も全然食べず、断乳後もずっと牛乳ばかり飲んでいたから鉄欠乏性貧血になった。食が細くて好き嫌いも多かった。アレルギーもあり、毎日床だけでなくカーテンからシーツまで掃除機をかけたし、皮膚もかぶれやすく、とにかく世話が大変だった。

ほとんど家にいない夫には頼れず、ひとりで育児に奮闘していた。

そのころは、息子や娘に対しての育児方針を押しつけてくる母がうっとうしくて実家と距離をおいていた。離乳食ひとつとっても、母が勝手にバナナや牛乳ばかり与えて偏食を加速させたことも困った。また、実家自体にも内々でトラブルがあり頼れない事情もあって、私は非常に孤独な闘いをしていた。

娘をベビーベッドに寝かせていると、息子がそこに行ってつねったり踏んづけたりしてしまうので、家の中でも娘を抱っこ紐でくくり付けていた。

あまりにもいつも抱っこ紐をつかっていたため、自分の鎖骨が折れていることにも気づかなかったぐらいだ。つねに娘を抱いているから、息子はますますやきもちをやき、泣いたりすねたりぐずったり、癇癪《かんしゃく》を起こした。赤ちゃん返りもひどかった。

息子のやきもちは一年ぐらいで落ち着いたが、乳幼児ふたりは目が離せないので、ほんとうに大変だった。

息子に食べさせることにはかなりの労力を割いたが、自分の食事は適当だった。娘は母乳を与えていればよかったので、つねに私にべったりと甘えてくる息子のケアに専心していた。

一人目のときは、母乳のためにと自分の食事も栄養に気を配ったが、二人目はそんなことよりとにかく日々生きていくだけで精一杯だった。口に入れられるものを、タイミングを見て摂取する、という感じだった。

あのころの経験が、『乳房のくにで』を生み出した。

子どもが眠ったときなどを見計らって、自分用におにぎりやサンドイッチを作っておくこともあった。

娘を抱いていても、息子の世話をしていても、片手で食べられるからサンドイッチは最適だった。カードゲームではなく、育児のためだが、まさにサンドイッチの本領発揮だ。

当時は生協の宅配で食材を頼んでおり、食パンはいつも手元にあった。ご飯を炊かなければならなくて、握る、というひと手間があるおにぎりよりも、サンドイッチは具材を挟むだけだったから楽で、頻繁に作った。パンにバターやマヨネーズを塗るのも省いて、具はハムとかスライスチーズ程度の簡単なものだった。パンを切ることすらしなかった。

自分のために手をかけたものを作るような時間も、心の余裕もなかった。しかし、手作り信仰に陥っていたから、息子の食事だけでなく、自分の口にするものも、手作りということだけは死守していた。いや、あんな簡単なサンドイッチを手作りとはいえないかもしれないが。

その作り置きのサンドイッチは、ものすごい速さで私の口の中に、胃の中に、おさまっていく。立ったままキッチンで、ということもあった。

歳の近いふたりの子育てのおかげで、私はかなり早食いとなってしまった。わずかな隙に気が急いて食べるからだ。ひどいときは、娘に授乳しながらサンドイッチをほおばっていた。

のちに、ひとりっ子のママとランチをしたとき、「食べるの、早いよねえ」と小ばかにしたように言われて、そうなのか！と気づいた。

それまで、自分では早食いであることをあまり意識していなかった。子どもと一緒に食事をしながら自分はすぐに終えても、子どもに食べさせるのに必死だったから気づかなかったのだ。あのころは、すべてにおいて自分を顧みるような視点は持てなかった。

ひとりっ子だと、ちょっと子どもが大きくなれば、ゆっくりと食べる時間もあったのだろうか。それとも、その人はたまたまパートナーの助けもあるから、早食いをしなくても済んだのだろうか。たしかに彼女は、そのとき、優雅に、落ち着いて、ゆっくりと食べていた。

いずれにしても、育児の同志かと思っていたママ友に痛い事実を指摘されて、悲しかったし、とても恥ずかしかった。彼女はきっと、もともと私のことが気にくわなかったのだろう。考えてみれば、いつも嫌味っぽかった。

たぶん、私はいまでも食べるのが早いと思う。気づくと、テーブルで一番先に食べ終わっていることがままある。

下の娘が少し成長してからは、ふたりの子どもを連れて、たまにファミリーレストランで外食をして、気分転換をした。

けれども、行ってみると、とてもじゃないが、気分転換どころではなかった。

自分は娘を抱っこしながらＢＬＴサンドイッチを片手で忙しく食べるものの、落ち着きのない子どもたちに食べさせるのが難儀で、ぐったりと疲れただけだった。

こぼしたり、落としたりするし、騒ぐこともあって、まわりの目も気になる。子どもだけでなく、私もこぼしてしまったりする。私の叱る声もうるさかっただろう。周囲から白い目で見られているのがわかった。

結局、外食をしたことを後悔して終わるのだ。それなのに、家にいて親子三人で気が塞《ふさ》ぐと、また外食に行きたくなった。誰かに作ってもらった食べ物を食べたくなったのだ。ＢＬＴサンドイッチを食べたかったのだ。家から出たかったのだ。

しかし、行けば行ったで、後悔する、といったことを繰り返していた。

よく晴れた春の日、ベビーカーに乗せた0歳児の娘と、遊びたい盛りの三歳の息子を連れて公園に行った。

そのころ、公園デビューという言葉があったように、公園で遊ぶ仲間とママ友を作るのは大きな試練で、一大事だった。そして、トラブルも耳に入ってきていた。

幸い、産婦人科が一緒で、新生児室で並んで世話をした人が近所に住んでおり、彼女も下の子が生まれていたので、共通の話題も多く、親しく付き合っていた。私はいつもその親子と待ち合わせて公園に行った。通ううちに、公園で知り合った仲間も自然にできたけれど、最初から行動をともにする人がいたことは心強かった。そんなわけで、公園遊びの社交は親子ともども順調だった。

だが、その日は土曜日で、公園仲間とは一緒でなかった。元夫は仕事でおらず、私は公園に行くと言ってきかない息子に折れて、ひとりで娘と息子を連れて公園に向かった。

すると、公園には、パパやママと一緒、あるいは、パパが連れてきている親子連ればかりだった。

私はベビーカーの娘がいるから、息子の相手もろくにできなかったが、息子は自分で世界を作って、なにかの設定のもと、ひとりでぶつぶつ言いながら、公園のなかを駆け回っていた。

ほかの子の父親に話しかけて、相手をしてもらったりもしていたし、いつの間にか、そこにいた女の子たちと一緒に砂場で「家族ごっこ」を楽しんだりもしていた。

息子が人見知りもせず、社交的だったのは幸いだった。

それでも、やはり寂しいのか、私のところに来て、「パパがいれば良かった」とぽつりとつぶやいた。

「明日はパパも休みだから一緒に公園に来られるよ」

息子は首をふって、「いま、パパと遊びたいんだよう」とうなだれた。

私は、返す言葉が見つからなかった。もう、自分と子どもだけで土曜日に公園に来るのはやめようと思った。

「そろそろ帰ろうか」と私が言うと、息子はこくりとうなずいた。


帰り道、息子は疲れてか、甘えてか、歩くのを嫌がったので、娘を抱っこ紐で自分にくくりつけ、ベビーカーに息子を乗せた。ベビーカーから身体がはみ出ていたが、妹がベビーカーに乗っているのをいつも羨んでもいたから本人はご満悦だった。そして、すぐに寝てしまった。

重いベビーカーを、娘を抱いたまま、えっちらおっちらと押していると、いつの間にか娘も寝付いていた。私は、こんなタイミングは逃せないと、どこかでお茶でも飲んで帰ろうと思った。空腹だったので、なにか食べてもいい。たしか、ファストフードの店があったはず、あそこなら子連れでも大丈夫だろうと、うろ覚えの道のりを行くと、アメリカンスタイルのサンドイッチ屋さんがあるのを見つけた。

私は喜び勇んで、店に入って行った。お昼の忙しい時間は過ぎたのか、それほど混んでいなかった。けれども「ベビーカーの方はテラス席でお願いします」と、店員からちょっと冷たい態度で言われた。

子連れは迷惑なのかな、と一瞬頭をよぎったが、断られたわけではないし、こんなチャンスはないし、と自分に言い聞かせ、テラス席に落ち着いた。

メニューが豊富で悩んだが、ここは原点に返るべきだろうと、BLTサンドイッチを注文した。飲み物は自家製レモネードにした。店員は終始不愛想だったが、気にしないようにした。

テラス席の隣には、女性の二人組がいたが、話に夢中でこちらのことは気にかけていないようでほっとした。子どもが苦手、という人もけっこういるからだ。

BLTサンドイッチが来るまで、目の前の道を歩いていく人たちを眺めていた。カップル、親子、犬を連れた人などが通り過ぎていく。穏やかな土曜日の光景だった。

やがてボリュームたっぷりのBLTサンドイッチが運ばれてきた。

私は、心の内で、わあ!と声をあげていた。厚切りのベーコンが香ばしく、レタスとトマトは新鮮そうだった。ピクルスとフライドポテトが付け合わせてある。

娘の首がぐらぐらしていたので、頭を左手で押さえ、私は、ＢＬＴサンドイッチを右手でつかんで、かぶりついた。

なんて美味しいのだろう。

こぼれないように、紙に挟まれていたから、片手でもうまく食べられた。お腹がすいていたので、一気に食べ終えた。私は、心もお腹も満たされた。

いい気分で、残ったポテトとともに、レモネードをすすっていると、隣のテラス席の女性たちが同じくらいの年ごろだということに気づき、視線のはしで観察しはじめた。バジルチキンなるしゃれたサンドイッチとポテトをつまみに、ビールを飲んでいる。

聞くとはなしに、彼女たちの会話が耳に入ってきた。

ひとりはどうやら大手企業勤務のようで、仕事の話をもうひとりに愚痴っていた。聞き役だった女性も、おそらく取引相手かなにかの企業の名前を出しながら、私もこんなことがあって、と苦労話を始めた。どう考えても、キャリアがありそうなふたりだった。休日らしいくだけた格好だったが、とても洗練されて見えた。雑誌の一ページを見ているような、きまり具合だった。

息子に、砂で汚れた手で触られ、娘のよだれもついているカットソーに、慌ててはいたよれよれのチノパンの自分が、とたんにみっともなく思えてきた。

私は、彼女たちから遠いところに来てしまったな。

子どもはかわいいし、結婚や出産を後悔しているわけではない。だが、もしかしたら、彼女たちのような時間を私も持っていたかもしれないと思うと、たまらなかった。

隣にいるのがいたたまれなくなり、私は、会計をして帰ろうと椅子から立ち上がった。するとそのとき、娘が目覚めてしまい、泣き出した。からだをゆすってあやすが、泣きやまない。息子も目覚めて、「ママ、帰ろうよー」と叫んでいる。

隣の女性たちがこちらに視線をよこした。ひとりは、眉間にしわを寄せている。もうひとりは、すみませーんと手をあげて、店の人を呼んだ。

「席、なかに移動したいんですけどー」

私は、ぐずる娘の背中をよしよしとさすり、帰るー帰るーとわめく息子をなだめながら、おしゃれなふたりの女性がそそくさと店の中に入って行くのを見つめていた。

明らかに、避けられたのだ。当然だけど、落ち込んでしまう。

一刻も早く、ここから去りたいが、いま、こんなうるさい状態で、会計をしに店内に入るわけにはいかない。

そう思って、ママー、ママーと言い続ける息子に、「静かに」と注意するが、やめてくれない。娘は泣きやまない。

途方に暮れていたら、店員が来て、「こちらで払って大丈夫ですよ」と言ってくれた。さっきよりやわらかい物言いだった。コロナ禍を経たことでテーブル会計が当たり前となった現在とは異なり、かつては、会計はレジでしかできなかった店がほとんどだったから、店員の特別な気遣いがありがたかった。

不愛想に見えたのは、私と子どもの存在が嫌だからではなかったのかもしれない。それとも、さっさと去ってほしくて優しくしてくれたのだろうか。いずれにせよ、助けてくれたことには変わりはない。

ところが、なんということだ。

持ち合わせの現金が足りなかった。公園に行くだけだからと、小銭ぐらいしか持っていなかったのだ。クレジットカードももちろんない。

消えてしまいたいぐらい恥ずかしかった。惨めだった。

「あとでいいですよ」と言ってくれたので、住所、氏名、電話番号を書いて残し、逃げるように店を出た。そして、ほとんど走るように息子が乗る重量級のベビーカーを押して自宅を目指した。息子はスピードに喜んではしゃぎ、抱っこ紐にくくられた娘は、ぐずぐずと泣き続けていた。

チョ・ナムジュの小説『82年生まれ、キム・ジヨン』（斎藤真理子訳、筑摩書房）に印象深いエピソードがある。

キム・ジヨンが、子どもがベビーカーの中で眠ったので、カフェで珈琲を買って公園のベンチで飲む。そして、近くにいたサラリーマンがなんとなく羨ましくなって見ていると、「ママ虫」（育児をろくにせずに遊びまわる、害虫のような母親という意味のネットスラング）と言われているのが聞こえてしまい、ショックで熱い珈琲をこぼし、公園を立ち去り、無我夢中でベビーカーを押して走って帰ることになる。


私は、この描写を読んで、サンドイッチ屋さんでの出来事を思い出し、胸がえぐられるようだった。

自分は邪魔者なのだと、宣告されたような思い。

数年前までは、あの人たちと自分は、なにも変わらなかったのに。

結婚して子どもを産むことが幸せと刷り込まれてきたけれど、どうしてこんなに息苦しく、孤独なのだろう。

キム・ジヨンの思いや苦しみは、そのまま、当時の私の心の声だった。


私は、仕事を辞めて長男が生まれるまで、時間を持て余していた。家事だけではあまりにも暇なので、日本語講師の資格取得の勉強をして、試験に合格した。そして、短い間だが、日本語講師として外国人に教えた。「言葉」そのものが好きなので、日本語講師の仕事を気に入っていた。

あの日、公園から戻った私は、試験勉強をしたときのテキストを引っ張り出して、子どもが寝付いた後、読み返した。そして、いつか必ず、日本語講師の仕事を再開すると誓った。

結局、離婚後に日本語講師として働くことになった。というより、日本語講師の資格があったから、離婚に躊躇もしなかったのかもしれない。会社勤めは、ブランクがあると難しいと理解していたから、専門的な資格があってよかったとつくづく思った。

けれども私が日本語講師であることを痛烈に批判してきた人がいた。朝鮮半島では植民地時代に日本語を強要された歴史があるのに、在日コリアンであるあなたが日本語を教えるなんて、どういうつもりかと。

私にはその視点がまったくなかったので考えさせられた。そして、在日コリアンという属性がいかにややこしく、ナイーブな存在であるかをあらためて感じたのだった。

二〇二四年の四月十一日は、鷺沢萠《めぐむ》さんの二〇回目の命日だった。

小説家を目指して新人文学賞に応募していたとき、鷺沢萠さんの遺作の短編集『ビューティフル・ネーム』（新潮文庫）に出会った。そこには、通称名で暮らしていた在日コリアンが本名を名乗るにいたった物語が描かれていた。

いわゆる在日文学といわれる作品を私はどちらかというと避けてきていた。プロの作家を志し始めた時点で、読んではみたのだが、あまりにも心が痛くて、読むのが辛かった。だが、鷺沢さんの作品は、すらすらと読めたのだ。まるで自分のことが書いてあると、どっぷりと感情移入するのだが、心が削られることはなかった。こんなふうに書きたいと、切実に思った。

そして、それまでは、ママ友のいざこざなどを書いていたが、初めて自分の属性に向き合って在日コリアンのことを書いてみたのが、「金江のおばさん」という短編で、私がお見合いでお世話になった池上のBさんをモデルとしたものだった。

そして、その「金江のおばさん」が新人文学賞を受賞し、私は小説家になることができた。


二〇一二年に新人文学賞をいただき、二〇一三年に単行本を出した。

そのころ、東京の新大久保や川崎の桜本、大阪の鶴橋といった在日コリアンの集住地域に排外主義団体が押し寄せ、ヘイトスピーチをまき散らすデモが行われていた。

私はその事実を目の当たりにして、いてもたってもいられない気持ちで、参議院議員会館で行われた、ヘイトスピーチに抗う集会に出向いた。そして、そこで、川崎・桜本に暮らすひとりの在日コリアン女性と出会った。

たまたま『ひとかどの父へ』という川崎・桜本が舞台のひとつとなっている小説を執筆中で、

私から彼女に話しかけた。

縁とは実に不思議なものだ。

なんと、彼女は、『私の話』（河出文庫）という私小説に出てくる鷺沢さんの親友で、『ビューティフル・ネーム』のなかの短編「故郷の春」のモデルだった。

私は、彼女と親交を持つようになった。

私が鷺沢さんを敬愛していることを知っている彼女は、鷺沢さんの二〇回目の命日に、私を、お墓参りに、誘ってくれた。

生きていると、奇跡のようなことが起きるのだなと思う。

私は、鷺沢萠さんの墓前で、作家になることへと導いてくれたことに感謝した。そして、戦争を拒み、差別を許さなかった鷺沢さんが結んでくれた縁を大事にすることを誓った。

安らかにと祈ると、お墓の近くにあった大木の枝が風に揺れて、まるで祈りに応《こた》えてくれたかのようだった。耳をすますと、鳥のさえずりが聞こえてきた。

お墓参りの帰りに、鷺沢さんが生前よく通っていたというサンドイッチ屋さんに行った。彼女、鷺沢さんの秘書だった方、そして私の三人で、ビールで献杯し、サンドイッチを食べた。そこは、一九七七年からやっている老舗のサンドイッチ屋さんで、カジュアルな雰囲気の居心地のいい店だった。

生前に面識はなかったが、おふたりがたっぷりと思い出話を語ってくれて、鷺沢さんのお人柄に触れたような気がして、贅沢《ぜいたく》な、貴い時間だった。

サンドイッチは厚切りのトーストに、はみ出るほどの具が挟まっていた。コンビーフとキャベツのサンドイッチが絶品だった。

忘れがたい、たいせつなサンドイッチの思い出が、またひとつ増えた。


韓国でも忘れがたいサンドイッチに出会った。

ソウルでは、ベーグルのサンドイッチも食べたし、ＢＬＴサンドイッチも美味しかった。最近は、ベーカリーが増えて、パン自体の味もどんどん進化しているので、サンドイッチも当然優れたものが多い。

ベーカリーと言えば、韓国には日本のようなケーキ屋はなく、ケーキやスイーツはベーカリーで売られている。そのレベルは高く、渡韓のたびに、美味しいスイーツやパンに出会える。

韓国ドラマでは、お馴染みのサブウェイがよく出てくるのを見る。サンドイッチが日常的に食べられているようなシーンもある。そういえば、パンも具材もオーダーメイドでできるなんてと、サブウェイを初めて食べたときは驚いたものだったが、あれはだいぶ前のことだった。

日本も韓国も、サンドイッチはすっかり定着している。

両手でしっかりとつかんでサンドイッチを食べることができるようになった昨今である。だが、二匹の老犬との散歩の途中にたまに近所のサンドイッチ屋さんに行くと、抱っこしろとせがむ一匹のおかげで、片手で食べることになってしまう。

けれども、不便ながらも片手で食べるサンドイッチも、悪くはない。

犬のぬくもりを感じながら、すっかり大人になった息子や娘の幼い時分を思い出し、懐かしみ、あのころはよく頑張った、えらい、と自分で自分をひそかに褒めたたえている。

第十六話

しめは、ヌルンジかお茶づけか

一〇年以上前、小説の取材のため、韓国に一週間ほど滞在した。そのとき初めて、韓定食のコースをいただく機会に恵まれた。

全羅道《チョルラド》の郷土料理店で、ハンバーグのように、ひき肉をこねて焼いたトッカルビが出てきたのが、印象に残っている。テーブルにのりきらないほどの品数で、とうてい食べきれなかったが、最後に出てきたヌルンジに、ほっこりとした気持ちになった。

土鍋に炊いたご飯をよそって残ったおこげの部分に、お湯を流し込んでいただくのがヌルンジだった。

あ、これはもしかして。

私は、祖母の家で「お茶づけ」と呼んで食べたものが、ヌルンジだったことに気づいた。

余談だが、本物のヌルンジを食べる前に、ヌルンジの味の飴を韓国のどこかで食べたことがあったが、そのときは、ヌルンジがああいったおこげのお茶づけ的なものだとはまったく想像できなかった。だけど、あれはけっこう好きな飴だ。

母方の祖母は、祖父と食卓をともにすることなく、いつも台所で残り物を食べていた。そのとき、たいがい、ガス炊飯器にやかんの麦茶を入れて、おこげの部分をそぎ落として最後に食べていた。私がそばで見ていると、分けてくれた。その「お茶づけ」は、おこげが香ばしく、大好きだった。

幼いころ、家でも、最後に「お茶づけにする？」と言われて、残ったご飯にお茶を入れて口に流し込むようにして食べる、ということがあった。ご飯が多すぎても残すことが許されなかったので、最後の「お茶づけ」に何度も救われた。

満腹でもお茶と一緒だと、食べやすかった。食欲がないときも同様だ。

最初から、フレーク状の、永谷園の「お茶づけ海苔」をご飯にかけ、お湯を注いで食べるのも、好きだった。一時期、家には「お茶づけ海苔」が常備されていた。おまけとしてついてきた歌川広重の東海道五拾三次の浮世絵カードを集めていたこともあった。

大人になってからも、お酒の席などで、最後にお茶づけをいただくのを気に入っている。散々食べたり飲んだりしたあとでもつい頼んでしまう。

お茶づけと言っても、いろいろある。

だいぶ成長してから、京都などの観光地のお茶づけ屋さんに行って、なんとなく私が思っていた「お茶づけ」と違うと気づいた。だしでいただく鯛茶づけは、我が家にお目見えしていたものとまったく異なるものだった。ひつまぶしもお茶づけの一種だろうが、あれを食べたときも驚いた。

もちろん、これらの日本式のお茶づけも、大好きだ。

とにかく、お茶づけに、目がないのである。

比較的こってりしたものやボリュームのあるものについて書いてきたが、ふだんは漬物とお茶づけがあればじゅうぶん、という感じだ。

ヌルンジとお茶づけの例に限らず、私がなにげなく当たり前と思っていたことが、実は、朝鮮半島の食文化や習慣であったことにあとになって気づくことは結構多い。

ご飯をみそ汁に混ぜて食べるのも、我が家では日常的に行っていたことだった。だから、小学校の給食でみそ汁が出たとき、私は迷いなくご飯を入れた。すると、友達が先生に言いつけて、先生から「行儀が悪い」と叱られた。

ご飯を汁物に入れる、いわゆるクッパは、私の好物だったし、行儀が悪いと言われて傷ついた。いや、そのころは、それがクッパだともわからず、家でいつもやっていることをしてみただけのことだった。

家庭でかろうじて引き継がれ、守られていた朝鮮半島の食の片鱗が、ひとたび家の外に出ると「おかしいこと」「変わったこと」になってしまった瞬間だった。

韓国に行ったときや日本の韓国料理店で、好きでテンジャン（みそ）チゲをよく食べるのだが、ご飯をチゲに入れると、小学校で叱られたことがいつも思い出される。

そういえば、私自身も、祖母が片膝をたてて食べたり、父が器を持たずに食べたりするのがみっともないなあと思っていた。のちにあの座り方や食器を持たないことが朝鮮半島では当たり前のことだと知って、みっともないなどと思っていて申し訳ないと罪悪感にさいなまれた。

ところで、私はとにかくスープが好きなのだが、これもやはり幼いころから馴染んでいたからだと思う。なかでもワカメスープには特別な思いがある。

長男を出産後、実家に一ヶ月ほど滞在したが、そのあいだ、「お乳がよく出るように」と母がワカメスープを作って毎日のように出してくれた。ワカメスープはいろんな味付けに替えてくれて、ちっとも飽きなかった。たぶん、朝鮮半島に住む人が思いもつかないようなレシピにもアレンジしていたと思う。

夏場に母が作ってくれた冷たいワカメのスープも忘れられない。酢が入っていて、きゅうりとゴマがアクセントになり、さっぱりしている。こちらは、韓国で食べられているものとほぼ同じだったようだ。

母の作る、干しだらが具のプゴクスープもかなり好きだった。以前、ソウルで行われた自著のプロモーションイベントで、好きな韓国料理は何かと訊かれて「プゴクスープ」と答えたら、驚かれてしまった。

「お酒をかなり飲むんですか？　プゴクスープは二日酔いのときに飲むから」と司会の方に言われて、へー、と不思議な気分になった。我が家では、父が下戸だったが、けっこう普通にプゴクスープがみそ汁の代わりに食卓に出たからだ。

ハンバーグとプゴクスープなんて、洋韓折衷料理だ。フュージョン料理が韓国ではやって久しいが、母は時代を先駆けていたのかもしれない。

そうそう、ワカメスープといえば、産後の思い出と結びついていたけれど、我が家では誕生日にワカメスープという習慣はなかった。韓国ドラマや映画を観るようになって、誕生日にワカメスープを食べることを知った。

三世代を過ぎると、抜け落ちてしまう文化や習慣はけっこうある。強い意志を持って守っていかなければ消えていってしまうだろうが、いまは、韓国に行ったり韓国ドラマや映画を観たりすることで、文化や風習をあらためて見直すことができるから幸いだ。

ある意味、韓流ブームは、アイデンティティやルーツの確認作業におおいに役立っている。

たとえば、私にとって、韓国ドラマや映画は答え合わせのような一面もある。韓国ドラマや映画を観て、過干渉すぎる家族関係が描かれていて「うちの親だけではないのか」と思う。あの、強烈なまでに子どもに執着する母親を見て、うちの母と変わらないと思ってぞっとすることもしばしばだ。

また、父が、すぐに大声で怒鳴ったり、ちっちっちっと舌を鳴らして不平を表したり、すーっと音をたてて息を吸って威嚇することなどが嫌でたまらなかったが、ドラマや映画では頻繁におじさんたちのそういう仕草を見る。女性が舌を鳴らしていることもある。

考えてみると、我が家では圧倒的に「説明」が足りなかった。

子どもに説明など不要と思ったのだろう。そもそも説明することなど、頭の片隅にもなかったのかもしれない。

ことに韓国の風習や文化について、あるいは韓国の人たちのくせや習慣を、日本とはこう違う、ああ違うと、誰も言葉にしてくれなかった。だから韓流が日本に入ってこなければ、韓国ドラマや映画を観ることがなければ、ずっと戸惑いのなかにいたかもしれない。

韓流、ありがとう。

日本の風習を知らないことで、困ったこともいくつかある。

小学校高学年のころ、お正月のお雑煮の絵を描きなさいという課題があって、お正月にはお雑煮ではなくトック（韓国流の雑煮）を食べていた私は、描けなかった。

また、同じころに家紋を調べてくるという宿題もあって、家紋などない私は困ってしまい、図書館で家紋の本を見つけ、その中から適当なものを選んだ。

こういうことがあるたびに、疎外感を味わっていた。思い返してみると、担任の先生は私が韓国人と知っていて、そして韓国人であることを隠していることも理解した上でその課題を出したわけだから、ずいぶんと意地悪だ。

多様な文化風習が当たり前にある、という雰囲気ではなかった。いまは、だいぶ変わってきただろうか。少なくとも、あの先生みたいなことをする教師がいないことを願う。


私にとって親しみのある、在日料理といわれるものは、韓国ドラマや映画、あるいは韓国の現地で見る韓国料理と、どこか異なることにも気づく。

そもそも在日料理とは、朝鮮半島の食が、海を越え、断絶や時間経過によって、日本の地でしなやかに変化してきたものだ。焼肉にしろ、冷麺にしろ、スープにしろ、独特のものがある。

たとえば、テグタンスープというのが、かつて焼肉店にあったと記憶しているが、あれは、在日料理そのものだろう。辛い肉のスープ、韓国であれば、ユッケジャンに近いものだが、それとも微妙に違う。大邱《テグ》出身の在日コリアンがきっと名付けたのではないかと思う。牛肉と牛骨で作られるスープに野菜を入れ、唐辛子で味付けするスープは、本場の大邱では、タロクッパと呼ぶようだ。

韓国でテグタンスープというと、魚のタラと野菜を入れ、ニンニクやショウガ、トウガラシで煮込んだものになってしまう。

あの、日本で見るテグタンスープは、朝鮮半島の料理がガラパゴス化したものであり、まさに、在日料理の象徴だろう。

結婚後、婚家で祭祀や茶礼の準備をしたが、あれもガラパゴス化の見本のようだった。ジョンやチヂミ（肉や魚、野菜に小麦粉と卵液をつけて焼いたもの）がまるでお好み焼きのようだったり、チャプチェに京人参を入れたり、味付けも毎回異なったりしていた。

もちろん、韓国でもそれぞれの地域や家庭の味というのはあるだろうが、在日コリアンにいたっては、オリジナリティがさらに豊富だ。一世たちが日本で、その土地で手に入るものを使って苦心して料理を作ってきたことがうかがえる。そして二世以降が引き継ぎ、変化させてきたのだろう。

私は、そんな在日料理を大切に思っている。誇らしくもある。

在日コリアンのアイデンティティがさまざまであるように、在日料理も多様で、オリジナリティの濃淡もそれぞれ異なり、いろどり豊かである。そして、「そんなの韓国（朝鮮）料理じゃない」と朝鮮半島に生まれ育った人たちに言われたり、驚かれたりするのも、在日コリアンが「あなたは韓国（朝鮮）人とは言えない」と言われることと通じている。

けれども、私たちのような存在は、もっと胸を張っていいのだと、このごろは強く思う。

別に、どちらの国の人でもいいじゃないか。
どちらの国の人でなくてもいいじゃないか。
自分は、自分なのだ。
唯一無二のごちゃまぜの存在じゃあだめなのか。
そもそも、誰が、何の権利があって、なにを根拠に、ジャッジをするのか。
本物かそうでないかなんて決める必要はないのではないか。
だいたい、本物ってなんだ。

そして、韓国人とは、在日コリアンとはこうあるべきだと押しつけられるのもご免こうむりたい。

また、そば派かうどん派かとか、猫派か犬派かとか、そうやってやたらに属性を決めたがるのも苦手だ。

私は属性に悩み続けてきたから、属性を固定されたくないのかもしれない。

寿司とキムチのどっちが好きかとか、日本と韓国のどちらが好きか、と問われるのも遠慮したい。


食にまつわるエッセイを書いてきたが、私自身の来し方をつづったものになっている。

両親、とくに母との確執が、私の人生において、どれだけ大きなものだったかをあらためて自覚した。

また、信仰が厚かったことや、恋愛にエネルギーを注いできたこと、自分の中にある根強いルッキズム、卑屈だった私が作家になるまでの歩みなどを思い返し、すべてのことを書いたわけではないが、心にわだかまっていたことが表出できて、人生の棚卸しができたような気がしている。

このエッセイに書いたことのなかで、その後、いくつか新しいエピソードがあるので、ここに記しておきたい。

第五話、「酒とともにうたう」で、祖父のことを書いた。

母方の祖父は、関東大震災の際に、自警団に殺されそうになり、警官が止めに入ったことで命を救われた。そして、収容先や警察署にいる朝鮮人の名前が朝鮮の新聞に載ったことで、鎮《チ》海《ネ》にいた祖母が祖父の存命を知るにいたった。

これをある大学教授に話したところ、研究室の大学院生が当時の新聞から、祖父の名前を見つけてくれたのだ。

祖父が大井競馬場に収容されていたことが東亜日報に載っていた。また、来日目的が学業のためだったことなどが明らかになった。

家族に語り継がれていたことが、確固たる証拠によって裏付けされて、感激した。

もうひとつ、第七話の「肉をともに食べるひと」に、大学一年生のとき、英語のスピーチ大会を見学に行って、韓国の学生と交流を持った話を書いた。そして、延世大学の金君に心惹《ひ》かれたこと、さらに、金君から父宛てに手紙が来たエピソードがある。

英語のスピーチ大会には、私の大好きな先輩が出ていたのだが、このエピソードのおかげで、しばらく疎遠だった先輩と会うことができた。

先輩は、韓国の学生たちの名前と当時の住所を記したメモをいまも持っていたのだった。学生たちのなかに、金君は二人いて、私がエッセイに書いた金君のことは「かわいいキム」と添え書きしてあり、先輩の記憶にもしっかりと残っていた。

先輩によると、私たち皆で焼肉を食べたあと、金君がしきりに私のことを先輩に聞いてきた、とのことだった。

「純粋に好きだったんだと思うよ。それで手紙を書いたんだと思う」と先輩は言った。

メモの住所によると、一九八五年当時金君は、ソウルの江南《カンナム》の一軒家に住んでいた。もしかしたらその住所にまだ親や親族が住んでいるかもしれない、本人が住んでいる可能性もあるから連絡を取ってみる、と先輩が言ってくれて、金君宛てに手紙を書いてくれた。

私は、ひょっとすると再会できるのではないか、とわくわくして待っているが、いまだに返事はないようだ。

まあ、ドラマや映画、小説のようなことは、そう簡単には起きないものだ。

けれども、先輩と旧交をあたためることができたのだから、あのエピソードを書いてよかった。

先輩はあのときの学生のひとりといまでも連絡をとっている。その人は私と父のことを覚えていてくれているそうだ。そして先輩は、韓国語訳された『海を抱いて月に眠る』を彼の住む米国に送ってくれた。

本を通して、再会できるなんて、幸せなことである。

食べることは生きること。
生きてきた軌跡の断片を、このエッセイに書いた。
ここまでお付き合いくださり、ありがとうございました。

（了）

初出について

NPO “Dialogue for People”

公式ホームページ https://d4p.world/ 掲載

連載タイトル「李東愛が食べるとき」2023.4.28-2024.9.10（16回）

なお、本書では連載時の原稿を大幅に加筆修正しています。

深沢《ふかざわ》　潮《うしお》

【著者略歴】 1966(昭和41)年、東京都生まれ。2012(平成24)年、「金江のおばさん」で「女による女のためのR-18文学賞」大賞を受賞。受賞作を含む連作短編集『縁を結うひと』(新潮文庫)をはじめ『ひとかどの父へ』(朝日文庫)、『緑と赤』(小学館文庫)、『海を抱いて月に眠る』(文春文庫)のような在日の家族が抱える“答えの出ない問い”に向き合う作品や、現代女性の価値観に切り込む作品を次々と発表。既刊書に『かけらのかたち』(新潮文庫)、『乳房のくにで』(双葉文庫)『私のアグアをさがして』(KADOKAWA)などがある。最新作『李の花が散っても』(朝日新聞出版)は李氏朝鮮最後の皇太子となった李垠と結婚した梨本宮家の長女・方子の運命を経糸にして、大正時代から戦後までの日韓関係の複雑な側面を描きだし、読書界の話題となった。

はざまのわたし

2025年1月29日　第一刷発行

著　者　深沢《ふかざわ》 潮《うしお》

発行者　岩瀬 朗

発行所　株式会社 集英社インターナショナル

〒101-0064　東京都千代田区神田猿楽町 1-5-18

電話　03-5211-2632

発売所　株式会社 集英社

〒101-8050　東京都千代田区一ツ橋 2-5-10

電話　03-3230-6080（読者係）

03-3230-6393（販売部）書店専用

印刷所　ＴＯＰＰＡＮ株式会社

製本所　ナショナル製本協同組合

　ISBN 978-4-7976-7458-3 C0095

集英社インターナショナル好評既刊

天《てん》使《し》突《つき》抜《ぬけ》おぼえ帖《ちょう》

通《つう》崎《ざき》睦《むつ》美《み》

消えゆく「京都の下町」がここにある——さまざまな人たちとの出会いと別れを描く珠玉のエッセイ集。（「天使突抜」とは京都市下京区に実在する町名です）

四六判　上製　ISBN 978-4-7976-7410-1